得到的不仅仅是真相

爱丽丝梦境事件

[日] 辻真先 著
木海 译

浙江文艺出版社

ALICE NO KUNI NO SATSUJIN
© Masaki Tsuji 2021
All rights reserved.
Originally published in Japan in 2021 by TOKUMA SHOTEN PUBLISHING CO., LTD., Tokyo.
Simplified Chinese translation rights arranged with TOKUMA SHOTEN PUBLISHING CO., LTD. through BARDON CHINESE CREATIVE AGENCY LIMITED.

本书简体中文版权为浙江文艺出版社独家所有。
版权合同登记号：图字：11-2023-459号

图书在版编目（CIP）数据

爱丽丝梦境事件 / （日）辻真先著；木海译.
杭州：浙江文艺出版社，2025.1 -- ISBN 978-7-5339-7741-2

Ⅰ.I313.45

中国国家版本馆CIP数据核字第2024XL2364号

图书策划	邵劼	封面插画	しきみ
责任编辑	邵劼	责任校对	陈玲
营销编辑	周鑫	责任印制	吴春娟
装帧设计	王柿原	数字编辑	姜梦冉 诸婧琦

爱丽丝梦境事件

[日] 辻真先 著　木 海 译

出版发行　浙江文艺出版社
地　　址　杭州市环城北路177号
邮　　编　310003
电　　话　0571-85176953（总编办）
　　　　　0571-85152727（市场部）
制　　版　浙江新华图文制作有限公司
印　　刷　浙江新华印刷技术有限公司
开　　本　880毫米×1230毫米　1/32
字　　数　140千字
印　　张　9.75
插　　页　6
版　　次　2025年1月第1版
印　　次　2025年1月第1次印刷
书　　号　ISBN 978-7-5339-7741-2
定　　价　68.00元

版权所有　侵权必究

目录

第Ⅰ章　谁要跟爱丽丝结婚？	001
第1章　魔鬼主编的斗志	013
第Ⅱ章　密室杀人是怎么回事？	051
第2章　女人与男人的历史	071
第Ⅲ章　爱丽丝的新郎能得救吗？	121
第3章　大型宴会的宗旨	149
第Ⅳ章　为何那个人会是犯人？	179
第4章　追逐者之诗	207
第Ⅴ章　不可思议之国可喜可贺	275
※译后记	285

爱丽丝之国的杀人事件

丽句清辞风格突转刑事
丝分缕析冷笑话空愁人
之后兴致盎然审判凶杀
国王皇后喊砍头非目的
的确符合不可思议之国
杀青后作者颠倒反转之
人气不及宣传剥茧抽丝
事件和标题均流于俗丽
件事人杀的国之丝丽爱

第 I 章

谁要跟爱丽丝结婚?

Alice was beginning
to get very tired of sill
by her sister on the
and of having nothing
do: once or twice she ho
peeped into the book
sister was reading, but
s in it, and where is
without pictures or con

遇到爱丽丝的时候,绵畑克二正走在路上。

不管年收入和纳税额是多少,走路这种单纯重复的动作人人都会。但是仔细想想,这其实并不是一个简单的动作。假设克二打算先迈右脚,那么左脚就需要撑起他全身的重量,等右脚从离地 x 厘米的高度落下来。脚落下的过程中,必然会经过 $x/2$ 厘米处的中点,同理也会经过这个点和地面之间的中点,也就是 $x/4$ 厘米处。类似地,还会经过 $x/8$ 厘米处,$x/16$ 厘米处……无限重复。在有限的时间内,我们跨过能够无限分割、堪比宇宙空间的距离。

自己这双脚竟简简单单就能完成这般壮举,真是太厉害了。克二敬佩不已。它们勤勤恳恳地"搬运着上半身",从来不会摔倒……等下,它们要把我带到哪里去?

这时,克二才注意到前方站了个人。他身穿黑色长袍,脖子上挂着闪闪发光的十字架。看那金光,是18K的吗?若是看走了眼,其实是24K的,那可就值钱了。克二心想,这打扮简直像个神父。

神父自然也是人。就算人是神的孩子,为什么有身为神的父亲,却没有神母呢?总之,神父有可能会时不时跑到快餐店里吃四百五十日元一碗的叉烧面,也有可能会挤在乘坐率百分之二百的国营电车上,但不知是幸运还是不幸,克二从来没有在那种地方见过神父。

如果前面的人真的是神父,那么自己为什么要走到他面前呢?我可不是基督徒啊,他想。

要让不信教的自己沉浸在宗教的氛围中,大概只有这样四种情况吧:

A 情人节

B 圣诞节

C 婚礼

D 葬礼

这时候，克二耳边传来一阵可爱悦耳的笑声，打断了他的思考。

定睛一看，他竟亲昵地牵着一位纯白女子的手。纯白并不意味着她是野箆坊①，只是少女戴的面纱和披的婚纱均是纯白，而面颊依旧红润。

克二突然意识到，刚刚那个问题的正确答案是C。

"克二，你板着脸严肃的样子看起来好奇怪啊。"她克制着笑意低声说。

"这算什么话，"克二反驳道，"我一直很严肃的。"

"不过，这样很不错，看起来像个男子汉。"

"你是说平时我更像个'娘娘腔'吗？"

"嘘！"爱丽丝把手指贴在漂亮的嘴唇上，"今天可是我们的婚礼，还是别聊这些有的没的了……"

我和爱丽丝的婚礼？克二有些不知所措。

他这才反应过来，自己怎么会知道她叫爱丽丝，又是为什么沦落到要和她结婚。

啊，这里用"沦落"这种贬义词显然不合适。任谁来瞅一眼，都会称赞她可爱迷人，就算撇去个人偏好，她也有着

---

① 野箆坊，指日本传说中脸上没有五官的妖怪,在日语中和"纯白"发音相近。

能够吸引绝大多数男性的魅力。她最多十六七岁吧,满头金发,个子又高,看起来很成熟,实际可能只有十二三岁。克二眯起眼睛,就像光源氏欣赏紫姬一样出神地望着自己的新娘①。

"好吧,爱丽丝,就听你的。"克二试探道。

她脸上带着笑意,望着他轻轻地点了点头。看来没错,新娘正是叫爱丽丝。

克二对爱丽丝这个名字印象深刻,得益于刘易斯·卡罗尔的童话《爱丽丝梦游仙境》。他在大学时主修儿童文学,现在工作的地方也是出版童书的主力军——幻想馆。

"那家伙东张西望个啥劲儿啊?"

不远处传来刺耳的声音。如果说爱丽丝的声音如银铃轻晃之声,那么这人的声音就像是河马的漱口声。

"你看这上门女婿不安分的傻样儿。"

"我认为他是个潜力股。"

对话双方分别是像从扑克牌里跑出来的皇后和大概是她丈夫的男人。按照扑克牌卡面推测,他们应该就是国王和皇后的组合了吧,只是这两人站在一起,女方的 XL 体型能让

---

① 光源氏和紫姬是《源氏物语》中的主角。

河马看了都害臊，男方却像干瘪的即身佛①一样，这王室怎么看都是以女为尊。

"今天可是个好日子，注意点别随便讲'砍脑袋'啊……"男方满脸忧愁，低声嘱咐。

旁边还有个戴着高帽子的小个子，这三个人都是《爱丽丝梦游仙境》中的角色。

"知道了知道了，"皇后闷闷不乐地回答，"不过我那口头禅，其实就是巴甫洛夫的条件反射，也没有说砍就砍啊。"

在皇后殿下口中，"砍脑袋"只是句普通的话。

《爱丽丝梦游仙境》是克二喜欢的书，巴甫洛夫的条件反射也在学校里学过。他暗自点头：原来如此啊，我在做梦，这里是梦中的世界。现实中的所见所闻所感都幻化变形，像马赛克一样组合在一起，刺激着睡眠中的大脑。梦中的婚礼啊，还真是来得恰到好处……现在克二确实正处在想结婚却求而不得的状况中。

在《爱丽丝梦游仙境》中登场的皇后，口头禅正是"砍头处死"，这点和梦中情况一致。

"那这样好了，"疯帽匠恭敬地提议，"如果您火气大到

---

① 即身佛，指日本佛教中僧侣苦修形成的木乃伊。

需要砍点脑袋泄愤，就用手上的权杖打那家伙吧。"

"那家伙指谁？"

"看，就是它。"疯帽匠脱下帽子，突然从中拖出一只兔子，大概是为茶话会准备的魔术吧，"这只白兔差点成为狼的点心，一路逃到了这里。"

"每当发火，就甩起权杖。将语言中的破坏冲动转化为行动，真是个好主意，向你脱帽致敬。"①

"帽子我自己脱了，不劳您费劲。"

"别客气，这可算是个有品位的奇妙构想。"皇后打开扇子，给疯帽匠扇风。

如果忠于原作，那么兔子一定会身穿西服套装，背心上挂着怀表。可不知哪里出了差错，它就像在遇见大国主命前突然穿越过来，不着一缕，被冻得不行。②皇后扇子这么一扇，它就更是克制不住了。

"阿嚏——"

被疯帽匠提着两只耳朵的兔子打了个大大的喷嚏。

皇后被兔子喷了一脸，她那宽脸上的眉毛猛地扬了起来。

---

①日文原作中这句话存在文字游戏，发火和权杖的日文读音都是shaku（シャク）。
②典出《古事记》，日本的神明"大国主命"曾经帮助过赤裸的兔子。

"可恶!"

她挥舞权杖,打在兔子身上。如果是白秋和耕筰的作品①,兔子就该被撞晕过去了,可权杖和树桩的效果似乎不同,兔子一下子被劈成了两半。

克二读过井上厦,知道兔子可被劈成鸬鹚和鹭,然后乘风而逃,没想到劈完后的兔子变成了舞着美国国旗、身穿制服的士兵。哈哈,他突然开窍了,看来这回兔子被劈成了USA和GI啊!②

克二胡思乱想了一堆,却意外发现自己没走多远。他心里很是纳闷,自己走了这么久,居然还是没有走到神父跟前。此时,他的内心饱受梦中那种令人咬牙切齿的焦躁的折磨,正当他茫然的时候,反复无常的皇后突然喊起"砍头"和"处死"之类的话,场面一度有些失控。

克二内心不安,再次扫了眼爱丽丝的侧脸。她就像少女漫画中的女主角,睫毛很长,鼻梁挺直,嘴唇紧闭。就算是在梦里,他也没想到自己能和如此标致的美少女举行婚礼,

---

① 典出北原白秋作词、山田耕筰作曲的童谣,这首童谣的歌词出自《守株待兔》。
② 兔的日文读音USAGI,可被断成U(鸬鹚)和SAGI(鹭),也可以断成USA(美国)和GI(美国大兵)。

而且是一场皇后出席的盛大婚礼。

太棒了！克二心想。《爱丽丝梦游仙境》是他喜欢的书，而主角爱丽丝更是他永远的恋人。克二第一次"见到"爱丽丝的时候还在上小学五年级，文摘中的"爱丽丝"用了英文原版的插画，而坦尼尔的那些插画就连卡罗尔也赞不绝口。少年克二看惯了漫画里的女孩，陡然见到质朴写实的爱丽丝，新鲜感十足。原来就算眼睛没那么大，腿没那么长，一样也能画出可爱的女孩啊……除了外表，克二对爱丽丝的性格也抱有好感。在通往不可思议之国的兔子洞里，她永无止境地坠落，却毫不慌张。她也会像别的女孩一样，哭泣、生气、情绪激动，却能客观从容地看待自己。相比之下，和自己一个年级的女同学们却是何等的粗鲁与歇斯底里啊。刚上小学时，克二就被比自己早一年上学的女孩欺负得快要哭出来了，由此造成的心理阴影导致他直到五年级也不能和女同学融洽相处。

女人是一种可怕的生物，这就是克二对女性的最初印象。

随后，他进入初中，进入高中，进入大学——随着年龄的增长，克二也会买来适合自己年龄读的《爱丽丝梦游仙境》，就这样不断与少女爱丽丝重逢。当然，他总会买印有坦尼尔插图的版本。在那些插图上，爱丽丝和在他小学初见时一样——表情一样、发型一样、衣服也一样。

书中的爱丽丝没有长大，而现实中的克二年纪越来越大。就算恐惧现实中的女性，他还是谈了一两次恋爱。至于结果如何……根本无须多言，看他现在打光棍的样子就知道了。可他并没有引以为戒，而是再次爱上了身边的女性。结果别说表达爱意了，他连对方的手都握不到，更别提修成正果了。

每当寂寞难耐，克二总会打开《爱丽丝梦游仙境》，和爱丽丝"见面"。她总是以不变的姿态欢迎克二，一次次地安慰和鼓励克二。

现在，尽管知道是做梦，可就像现实中的婚礼一样，爱丽丝挽着克二的胳膊走到神父面前，令他激动得想大喊——看啊看啊，这就是我的新娘，比米洛斯的维纳斯还要漂亮。她就要随夫姓，变成绵畑爱丽丝了！

费了很长一段时间，他们终于来到神父面前。可别突然醒了。或许是克二内心的默念起了效果，仪式看起来很顺利。

然而，令人难以置信的事情发生了。

突然，神父喊道：

"喵罗!想往喵里逃!就算想逃,也逃不掉喵!"

喵罗?这些台词很耳熟啊。[①]克二下意识地想去看神父的脸,可就在这一瞬间,他的后脑勺受到猛击。他倒地的时候,像做梦一样听到爱丽丝的惨叫声,脑中不禁闪过疑问:像做梦一样?在梦中做梦,会变成什么样子呢……

---

① 典出赤冢不二夫的漫画。

第1章 魔鬼主编的斗志

1

呜噜噜噜。

柴郡猫的叫声把绵畑克二从梦中唤醒。他意识到,自己好像是靠在小酒吧"蚁巢"的吧台上打了个盹儿。稍稍清醒后,他慌忙望向挂在天花板附近的古老的摆钟,对了下自己手表上的时间,随后露出苦笑:记得刚进店时,自己也是这样对时间的。戴着廉价的手表,对时间的准确度总会有些怀疑。幸好确认后,克二发现自己只是迷迷糊糊地睡了五分钟。

柴郡猫似乎在嘲笑克二的狼狈,蹲在他的膝盖上又叫唤起来。柴郡猫是只一年到头都窝在这家店里的公猫。虽然不是"蚁巢"的老板娘养的,但不知从何时起,它就把这里当成了自己的窝。

老板娘由布子和熟客们都很友善,面对擅自在店里搭窝的公猫,他们自然地抚摸投喂,现在这只柴郡猫已经融入"蚁巢"中了。"就叫柴郡猫吧,爱丽丝里的那个。"最先提议的是文英社招牌杂志《少年周刊》的主编新谷,随后大家都默认了这个名字。

这里所说的招牌杂志可不是客套话,三年前《少年周刊》的印数已经超过两百万册,今年正月更是突破了三百万册的大关。周刊发售的杂志印这么多居然还能销售一空,实在令人惊叹。

战前已经记事的人应该会对大日本雄辩会讲谈社[①]的宣传口号有印象吧。当时他们家的月刊杂志《国王》号称"百万杂志",而《少年周刊》要是改成月刊,多少可以称为"一千两百万杂志"。

有人认为,山不在高。同理,钞票不在厚,杂志不在销量高。当然,出版商并不在意大家对漫画杂志的看法,只要

[①] 大日本雄辩会讲谈社,如今的讲谈社,1925年至1958年间使用此公司名称。

能卖出去就是好事。毕竟在出版行业中，能卖完就相当于印了堆钞票，但如果没卖掉被退回来，就等于辛辛苦苦做了堆废纸。

"蚁巢"的常客并不限于文英社的人。

上至大公司下至快要撑不下去的小公司，各种媒体从业人员纷至沓来。这家店开在名副其实的新宿黄金街一角，所以时不时也会有些随便逛逛的客人，像是中途从观光巴士下车进店一样。

其实，克二也是意外逛到这里的。

去年年底，他收到一小笔奖金，便跑到歌舞伎町的夜总会痛饮了一番，趁着醉意在靖国大道晃晃悠悠，最后误入了黄金街。他事后回想，自己应该是喝醉后沿着由都营电车线路遗迹改造成的四季步行径晃过去的。

很久以前，克二还小的时候，拐出靖国大道的都营电车便像是要挤开密密麻麻的木屋一样，摇头晃脑地沿着这条路驶过新田里[①]。都营电车就这样冒冒失失地穿过黄金街的入口，从现在的区政府大道方向看，新宿首屈一指的酒馆街就像被平交道隔开的孤岛。

---

① 新田里，东京都营电车站点。于1914年投入使用，1970年停用。

或许是由于他还有点儿时的印象吧,克二走到一半就从四季步行径上拐进了黄金街。走在巷子里,两侧的建筑就像巨大的口琴,而门面狭小的店铺就像口琴的琴孔。

他看到某条死胡同里有个女职员正在拍抚年轻男同伴的背,可能是一起出来的同事吧。年轻人双手撑着店铺外墙,面色痛苦地想缓过劲来。

世道变了啊,现在还要女的来照顾男的,克二苦笑着想。

他觉得自己毫无醉意,想要找家店再续上一杯,却没意识到这种想法正是喝醉的证明。

克二环顾四周,发现附近的店没一家开门的,那些被煤烟熏黑的门都紧锁着。他不清楚自己手头还有多少钱,但奖金给了他十足的底气,便随手抓住离自己最近的一家店的门把手。可不管他是推还是拉,门都纹丝不动。克二急了,睁大醉眼仔细一看,那竟然是扇画出来的门。

真正的门小了一圈,被藏在画中。凑近去看,可以看到用有机玻璃做的茶褐色的"蚁巢"门牌。再仔细看,他才发现真正的门把手同样被刷成了茶褐色,所以显得毫不起眼。

克二感觉自己被耍了,憋着满肚子气猛地打开门,刚踏进店里一步,就见脚下有个又圆又白的东西。为了避免踩到白团子，他差点没站稳摔个跟头。

呜噜噜。

白团子懒洋洋的，一动不动，只是用独特的叫声抗议突然闯入的家伙。但受到指责的对象丝毫没有回应的动力，坐在吧台的椅子上拍拍胸口就算过去了。

这就是克二和柴郡猫初次见面的场景。

它端坐着，仿佛是这里的主人——当然，这里的"它"不是指克二，而是指柴郡猫——小酒吧"蚁巢"模仿着不可思议之国的风格。当然，不可思议之国在英国，而这里是日本，所以苏格兰威士忌和烧酒、洋房和兔子窝之间的差距被如实反映了出来，这里只能勉强算个廉价的模仿。天花板非常低，从上面垂下来一盏盏罩着乳白薄玻璃的电灯。为了掩盖香烟留下的焦痕，吧台草草盖着破布。吧台椅子被固定在地上，以防醉酒的客人往外乱搬。他刚想着这样人多的时候恐怕很难安排吧，下一秒就看到有人把折叠椅随意插在两把吧台椅子中间的空当处。

坐在这把折叠椅上的客人，除非身材相当高大，否则下巴很可能会磕到吧台。不过，坐在上面也会沉浸于爱丽丝吃了变小药后的氛围中吧。进门后的左侧，越过座位却不是墙壁，而是挂着窗帘。如果客人不小心拉开窗帘，那么堆积如山的漫画、色情杂志等就会全部倒下来。另一侧的窗帘遮着狭窄的楼梯，正因为有夹层，天花板才会如此低。偶尔会有同好聚在一起欣赏艺术电影，错过末班电车的熟客也会借地方打个盹。每当这种时候，他们的头上总是会多出个包。毕竟再怎么注意，还是会撞到天花板。想必他们都很清楚爱丽丝变成巨人后在兔子窝找手套的心情吧。老板娘开店只是为了消遣，没有重新装修的计划和预算。店开在车水马龙的黄金街一角，墙壁经常被震得微微颤动。有时老板娘没心思顾店，一连三天门外都挂着"闭店"的牌子，但就算是这种时候也常有熟客躲在门后小聚，不可尽信牌子。

当然，酒钱很便宜。

今年是克二任职的幻想馆创立28周年。除了自身在业界的名气，这家出版社也因工资水平最低而闻名。克二浑身充满使命感，并不会抱怨工资低，但酒钱自然是越便宜越好。

"使命感？太夸张了吧。"

在"蚁巢"经常见面、自称三流剧画[①]杂志的主编对此一笑置之。

"我是认真的。"克二摆出一副坚定不移的样子，"我决

[①]剧画，相对于漫画的概念，一般指20世纪50年代至70年代间日本流行的一种黑白写实漫画，后因消亡而无人再使用此概念。

心为儿童文学奉献一生,这才入职了幻想馆。人不能只靠面包活着,需要有人来做良心书,可做良心书不赚钱,这也是没办法啊。"

"那是因为你家社长纯粹是个文学青年,根本不会做生意啊。"

"不会做生意也没关系,我要为社长鞠躬尽瘁,区区贫穷哪里拦得住我。"

喝酒后,克二先是无比亢奋,随后会陷入沉睡。大家都很清楚,每次喝醉后克二都会按上述模式闹上一场,所以现在可以放心地戏弄他。

"我可不一样,我要靠色情怪诞剧画赚钱。"

"你没有身为编辑的良心吗?"

平日克二胆小怕事,清醒时自认是个"社恐",可一旦喝醉就像是切换到了另一种人格。

"在那种差劲的纸上印拙劣的画……你们是在兜售厕所里的涂鸦吧。"

"不错,厕所里的涂鸦!那里面充满了人类原始的欲望。我想把那种能量融入我的杂志里。"

"成何体统!"

克二责备完,转眼间就趴在吧台上睡着了。在旁人看来，他满脸洋溢着幸福，睡颜正似如鱼得水的上班族。的确，至少在两个月前，幻想馆还是个很适合克二的职场。

2

呜啦啦啦。

"叫声像婴儿一样呢。"

坐在吧台旁边的剧画家那珂一兵望着克二膝盖上的柴郡猫笑了起来。

"啊，吓我一跳。我还以为是我的孩子出来了呢。"老板娘由布子捂着肚子说。

貘谷朗姆本来在挑战窗帘边的老虎机，一听这话也吃惊地回过头来："哎，老板娘有喜了吗?"

"开玩笑的啦。"坐在里面位置的男人抢在由布子前面摆手替她解释。原来是广告公司的中迁，也就是由布子的丈夫。

老板娘近江由布子是位有名的动画声优[①]，"蚁巢"只能

[①]动画声优，日本的动画片配音演员。

算是她的副业。为了做生意，她自然不会把自己已婚的事实搞得路人皆知，但常客都知道老板娘是中迁的夫人。这位中迁是个有着娃娃脸的中年男子，看起来和美貌的老板娘并不般配。

"我结扎过，所以万一她真的怀孕，那肯定是出轨了。"

"是啊……所以我才会担心。"

"朗姆，为什么你这么担心？"

朗姆满脸严肃地回答道："因为老板娘的出轨对象就是我。"

"说好了要保密的啊。"

由布子说完，中迁和那珂便放声大笑。

貘谷朗姆，这奇怪的名字自然是笔名。他的漫画最近很火。三年前，他还在爱媛县的村公所工作。后来，他把"村公所"一词倒过来念，以"貘谷朗姆"为名①在《少年周刊》出道，终于时来运转。

当时《少年周刊》的主编明野重治郎被誉为漫画家的伯乐。他把事务性工作全都交给副主编新谷处理，自己则专注于挖掘漫画界的明日之星。

---

① 日文原作此处存在文字游戏，村公所的日文"村役場"（むらやくば）倒过来念，就是貘谷朗姆的日文名"貘谷らむ"（ばくやらむ）。

"貘谷老师。"克二怯生生地开口。

他相信貘谷在和老板娘聊天的时候不至于无视自己,所以硬着头皮插话。

"嗯。"

朗姆依然没有看向克二,好像只要自己不去看,对方就不存在。

哪怕在年轻作者里,朗姆也算是个"拖稿达人"。拖稿就算了,他还会任着性子耍赖皮:"不干了,我要回村公所去。"

克二被弄得手足无措。面对棘手的对象,他这榆木脑袋也只会直接催稿。

"截稿日期已经过去两天了。"

"……"

"至少先把文稿给我嘛。"

文稿是指漫画中的文字部分。毕竟要先把文字照相排版,然后再把图像部分给贴上去,所以编辑每日必争。另一方面,漫画家要构思故事,文稿也必不可少。实际作画前,漫画家一般都会先定好画格,斟酌好文稿。

"……"

朗姆完全无视克二的存在。他伴着有线广播的旋律,摇着满头的卷发和裹着牛仔裤的腰，不厌其烦地投币摇杆。

克二生气了。

我可是拿了儿童文学专业的大学文凭，凭什么要尊称这样一个家伙为"老师"呢？他只不过是画得稍微好一点，编故事的能力稍微强一点罢了。

"貘谷老师！"

克二加重了语气，朗姆终于转过头看向他。

朗姆的肤色原本很黑，但自从他画的漫画畅销后，他就无暇外出，导致现在皮肤变成了灰褐色。再加上他脸颊凹陷，胡子拉碴，看上去简直像个病人。说不定他真的病了，只是头发蓬着以虚张声势。

他咳了两三声，清了清喉咙里的痰，对克二说："你要不要也来试试？这台机子概率挺不错喔。"

"你还有心情聊老虎机！"

克二心生厌烦。他曾梦想编辑一本与《赤鸟》[①]旗鼓相当的新锐儿童文学杂志，现在却沦落至此。

今年春天，幻想馆孤注一掷，决定发行漫画杂志。担任主编的是从文英社挖来的老将明野。由于其古板的编辑方针

[①]《赤鸟》，1918年至1936年间刊行的日本儿童文学杂志。

不受文英社社长的待见，明野把《少年周刊》主编的位置让给了新谷，但工作上的不顺利反倒令他干劲十足。有人说，接到幻想馆的邀请后，他都没征询文英社的同意就决定跳槽。这也从侧面印证了他性格强势。

"待机"在"世界民间传说"系列编辑部的克二早早被选中，但他对漫画不感兴趣，并不愿意转到新杂志《漫画》编辑部，所以能拖则拖，直到两个月前才终于尘埃落定。

明野知道克二经常去"蚁巢"后，非常高兴。

"我们俩都是那里的常客，有空一起去喝一杯吧。"

其实，把克二硬拉进《漫画》编辑部的，正是明野。

此前，由布子悄悄透露，正是由于目睹了克二和三流剧画编辑斗嘴的场景，明野才对他感兴趣的。可惜克二喝醉后就断片儿了，所以完全不记得发生了什么，就这样稀里糊涂地被拖进了组。

克二很生气。开什么玩笑，就因为一时心血来潮，就要把他人卷进漫画的世界里去？他推测，正因为明野是个彻头彻尾的"漫画痴"，才想让作为漫画白痴的自己领略到漫画的魅力吧。克二想，这样做根本是白费力气。那些年轻人用贪婪的目光追逐着拙劣的线条和粗俗煽情的剧情，真是让人一看就来火。

克二心想，明野那种糟老头子性格使然，喜欢赶鸭子上架，所以才硬是要自己加入《漫画》编辑部吧。只见明野坐在办公桌前，时而絮絮叨叨，时而地痞腔调，令部下苦不堪言。

此前几乎每天，克二都要从旁观者的视角"遥望"这个虐待狂的姿态。当时他还身处"世界民间传说"系列编辑部，看到明野刚刚进幻想馆，却还是一副态度专横的样子，也只是有些反感，毕竟事不关己高高挂起。但现在抬头不见低头见，克二对他的态度已经从反感变成憎恶了。特别是当他开始负责貘谷朗姆这位从创刊号开始连载的台柱作者后，憎恶之情更是抑制不住。

《漫画》创刊号将于七月中旬发售。有赖老将明野出马，执笔阵容强劲：手冢治虫、横山光辉、赤冢不二夫、永井豪等的连载漫画，吾妻日出夫①的搞笑漫画，高千穗遥②、安彦良和③合作的科幻动作小说……可说白了，这些作者都是在其他社的培养下成长起来的，有一套自己的风格，因此导致《漫画》缺乏独特个性。因此，明野启用了貘谷朗姆。

---

①吾妻日出夫（1950—2019），日本漫画家，曾于1979年、2006年分别凭《不条理日记》《失踪日记》获日本星云奖。2020年，获日本科幻大奖功绩奖。
②高千穗遥（1951— ），日本科幻小说家。
③安彦良和（1947— ），日本漫画家、动画师、导演。

貘谷朗姆擅长的是离奇的剧画。他笔下的角色尽是些性别不明的美少男美少女，这些角色在世界上最荒唐的设定下闹得天翻地覆。偏偏这些半吊子人物还都长得很美，更让人觉得身陷毛骨悚然的异次元噩梦。第一次看朗姆的漫画时，克二被惊得哭笑不得。

克二无法理解朗姆的漫画。明野居然想把朗姆打造成《漫画》的明星漫画家，他更是完全无法理解。

就算再怎么不理解，他也无法违抗主编的命令。最近一个月，克二的工作就是服务这位他完全"不来电"的漫画家。

"差不多该回去了吧，貘谷老师。"克二口齿不清，粗鲁地说。

由于疲劳加上空腹饮酒，陪朗姆进到"蚁巢"后，他很快就酩酊大醉。

克二喝多了，正把柴郡猫放膝盖上前后摇摆，像是在划船一样。看来他已经喝到断片儿了。

"不要。"貘谷毫不犹豫地说。

"老师……"

"小绵，你嘴上喊着老师，心里却不认，撒谎可不是个好习惯啊。"

克二一听，不由吼起来："你差不多得了！"

他心想，正因为自己具备职业素养，才会捏着鼻子对你这不负责任的小鬼称呼老师。等以后离开《漫画》编辑部，一定要狠狠揍你一顿。

多亏了柴郡猫，克二才没把这些心里话给抖出来。

喵呜。

克二看着它那胖乎乎的身体从自己膝盖上滑下来，好不容易才回过神来。他笨拙地转移怒意，对着柴郡猫的屁股骂了句：

"看起来真是肥美，总有一天我会把你串起来烤熟吃掉！"

这时，克二身后传来开门声。由布子、中迁、那珂等人看到进来的客人，异口同声地喊道：

"明野先生。"

3

克二不安地回头，看向门的方向。他醉眼蒙眬，看不太清,但来人毫无疑问是他那可恶的上司——明野重治郎。

"主编!"克二大喊。

刚才他气到想踢柴郡猫的屁股,正愁没处发泄,可算等到合适的目标了。

"我真是受够了。要是编辑自己就非常讨厌漫画,哪能做好漫画杂志?"

"绵畑,你这是喝醉了?"明野的语气很平淡,"没醉的话就回答我,貘谷朗姆的稿子拿到了吗?"

"我拿个屁。"克二生气地说。

他稳住脚跟,但整个"蚁巢"仍然像船一样摇晃着。

"老师的右手粘在老虎机的杆子上下不来啦。"

"欢迎欢迎!"

朗姆这才离开老虎机,露出自然的微笑。他一副恬不知耻的样子,似乎毫不在意拖稿的事情,而且并不像是虚张声势,只会让人觉得他脑子"短路"了。

"早知道主编要来,我就把车开过来了。"朗姆说道。

他喜欢"蚁巢",隔几天就会来一趟,但来这边也不喝酒,所以不存在酒后驾车的危险。

"什么车?"中迁问。

他曾在代理销售店放洋社工作,做过大型汽车公司的生意。

"不是普通的汽车,而是露营车。"

听他这么一提,克二也想起来他曾经吹嘘过自己的露营车:据说内饰相当考究,从构思到装修都是他独自埋头搞完的。朗姆在村公所工作的时候曾兼任修理工,克二心想:知道你手巧,可有空还是写写稿子吧。

听到朗姆的话,老板娘由布子嘟起嘴:"瞎说,黄金街上哪有那种车?"

"我说过嘛,车停在公寓旁边的车库里,没开来附近的停车场。我打赌,你们看一眼就会被惊到。只有明野先生知道我的构思……请不要泄露哦。"

明野正和那珂打招呼,闻言瞪了朗姆一眼。看这架势,朗姆所言非虚啊。

"糟了,我的车钥匙呢?"

他掏遍裤子口袋,也只摸出三个弹珠。

朗姆大笑着把弹珠放到吧台上。其他人也跟着笑了起来,只有明野面无笑容。

"拿到文稿了吗?"明野问克二。

"没有。"克二忍怒回答。

明野大步走到止不住笑的朗姆身前,说:"把文稿给交出来吧。"

他声音不大,却异常清晰。

"对不起……"

朗姆不好意思地挠了挠头。毕竟他是由明野栽培的,所以态度非常客气,跟面对克二时相比简直像有两副面孔。

"我还没写好。"

"那么,就请在这里写吧。"

听起来还算客气,但其实没有讨价还价的余地。

不过,就算到了这地步,朗姆依然傻傻笑着。

"真伤脑筋,我正准备去取车……"

朗姆说到一半,见眼前明野的脸上血色尽失,又把话咽了回去。

"我、我来写。"朗姆急忙回答。

恐怕他回想起了自己还是新人时,明野那严厉的态度。

在负责《少年周刊》的时期,明野完全是个令人生畏的偏执狂。一旦入了他的法眼,他便不问资历,给漫画家们超常的稿费优待,可谁要是糊弄了事或者不遵守截稿日期,他就会破口大骂。那时候,就连成名已久的那珂一兵也被他称为白痴,他还曾经把烟灰缸里的东西全部倒在那位大作家的桌子上。对非公司所属的作家尚且如此,区区下属在他眼里恐怕更非人类。

"能搞定吗?"

就像被编好固定程序的机器人一样,他一丝不苟地确认。

"是的。"

朗姆很不情愿地点了点头。

"绵畑。"

"我在。"

明野默默地注视了克二好一会儿。他的头发黑白混杂,抬头纹极其深。

"你……你这家伙究竟想怎么样?"

这是克二有生以来第一次用"你这家伙"这种粗俗的代词。

"啊?"

他好像愣了一下。

"算了,我问你,你还打算做编辑吗?"

明野一巴掌拍在克二面前的吧台上。没想到那双手看着纤细,却把吧台上的弹珠震得跳起来,足足跳起了三厘米高。

"请问……是因为我没能按时收到稿子吗?"

"蠢货!"

明野被气得咬牙切齿。

"作家是有生命的,并不是只要打开开关就能动。我才不会因为没能按时收到稿子就生气!我啊,看不下去的是你那种把自己当作跑腿伙计的态度!"

"……"

"如果编辑坐在这里等,天上就能掉稿子,那这种工作就连中学生都能做!听好了,你是个骑手,是个傀儡师。"他伸出一根细长的手指,指向克二。

"而他,是马,是木偶。"他指向朗姆。

"这马倒是有力,但肆意而为,力也不往一处使。一个不留神,就跑到马场中央打盹儿去了,好一匹懒马!你的工作就是扬起鞭子,喂它胡萝卜,把好缰绳,让它写出使读者大吃一惊的新稿子。懂了吧!"

店内鸦雀无声。硬要说的话,只有朗姆一人置身事外,专注于弹珠。

"喂,听明白了吗?……明白了就吱个声。"

"我……我知道了。"

克二感到自己脸上的肌肉在发抖。

"你知道个头!"

明野用纤细的手指从吧台角落的果盘里抓起一把小刀,

气势越发逼人。

"你这家伙,完全没搞懂啊!"他一个劲儿地在克二鼻子底下舞着水果刀,"作为朗姆的护身符,你却丧失干劲,导致他懒散度日。你这也能算明白了?明明是'只拿工资不干活'吧。"

"你这话说得太重了吧。"克二脸色苍白,就像大象的皮肤一样绷得紧紧的,"我也在努力想要做好啊。"

"说什么漂亮话。"刀尖狠狠地扎进果盘里装着的苹果。"那我问你,部门调动后你看过什么漫画?"

"我想想……手冢治虫和横山光辉……赤冢……永井豪……吾妻……"

"还真是废话一箩筐。"明野冷笑道,"这些都是自家杂志的漫画家,可身为厨师啊,只有知道其他店的味道,才能道出自家店的滋味!读过大岛弓子了吗?吉田秋生、大友克洋、竹宫惠子、鸟山明、星野之宣、仓持房子、诸星大二郎、萩尾望都、魔夜峰央、御厨哲美、西岸良平、高野文子、小山由、池上辽一、和田慎二、圣悠纪,还有很多,数都数不过来!"

"我读过卡罗尔、凯斯特纳、宫泽贤治、小川未明、松谷美代子、佐藤晓、今江祥智、山中恒,还有……"

"知道了知道了。正因如此,我才会把你'挖'到《漫画》编辑部。想要做好日本料理,必须尝遍各大菜系,法餐、德餐、意餐、中餐等都要尝一尝。电影、电视剧、戏剧、音乐、演歌,看到的听到的都要装进漫画里。那些看漫画的年轻人胃口可好,禁得住这种杂食!"

"从前啊,"那珂自言自语,"吉川英治曾说过……我记得那是在他执笔《神州天马侠》的时候……'孩子们旺盛的读书欲就像吞噬桑叶的蚕那样,我创作这部大长篇是为了满足他们的胃口。'"

"有些老师认为看漫画会剥夺孩子的想象力。我看啊,他们只会被剧情牵着鼻子走,却根本看不懂画面间的组合呈现。听听他们说的都是些什么话,'谁看那种无聊的东西啊'。没看过哪能知道无聊呢?恐怕不是不想看,而是看不懂吧!"

克二脚边,柴郡猫喵喵地叫着,表示赞同,而他只是茫然地看着明野不停开合的嘴。

明野显然有些不耐烦了。他看着克二,嘴上说的话却并不只针对克二一个人。

停顿片刻后,明野的嘴角突然浮现一丝苦笑。

"本来是想敲打敲打你,却还是老生常谈了。"

"真是一番高论啊。"门开声落,文英社的新谷带着一位年轻女子走了进来。从柴郡猫的反应来看,应该也是熟客。

"这不是井垣吗?"

上一秒明野还在口若悬河,大谈漫画,下一秒他的表情就变了。克二有些困惑。

她叫井垣?如果她是新谷的女儿,那看起来太成熟了;如果是妻子,又过于青涩了。她穿着色彩鲜艳的西服,戴着条泛着金属光泽的粗项链,打扮得很不错。是漫画家吗?还是……

4

"欢迎光临。"朗姆搔搔耳朵后面,打了个招呼,"今晚还真是稀客不断啊。"

"我来介绍一下。"新谷对没搞清楚状况的克二说,"这位是貘谷在《少年周刊》的编辑,井垣早苗女士。"

"自出道以来,每当面对井垣女士,我都抬不起头来。"朗姆补充道。

"说过多少次了,你就是不听。"早苗隔着时髦的金属框眼镜瞪着朗姆,"就算我已经三十多岁了,可毕竟还没结婚呢。如果你不喊我'小姐',这边的,呃……"

"我叫绵畑克二。"

"绵畑先生就很容易误会吧?"

说完又说道:

"说起来,绵畑这姓很少见啊。有这样的姓,皮肤摸起来一定很柔软吧。"①

她笑着拍手。

"我想起来了。你在主编手下负责小浊,好可怜啊!"

"小浊?"听她脱口而出,克二眨了眨眼睛。

"你竟然不知道貘谷朗姆老师的绰号?"

"为什么要叫他小浊呢?"

"小浊是浊酒的简称。"朗姆抢在早苗之前回答克二。

"像他这种乡土气息浓厚的漫画家,居然和朗姆酒重名,太浪费这个好名字了吧?同样是酒,还是浊酒更搭呢。"

"哈哈哈,是很配嘛。"听了早苗的解说,那珂大笑起来。

---

①此处为调侃绵畑这一姓氏,因绵畑字面上的意思为"种植棉花的田地"。

刚才明野呵斥与演说期间,这位资深剧画家也是悠闲独酌,尽显成熟男子的风范。在众多年轻漫画家的衬托下,他更显得鹤立鸡群。

"朗姆,"明野的声音尖锐刺耳,仿佛要在嘈杂的空气中钉上一枚钉子,"三个小时之内把文稿交给绵畑,然后由他带回社里。"

"……"

朗姆的眼中闪烁着谄媚般的光芒,明野却没有施舍给他一丝目光。

早苗呵呵地笑起来:"主编,你还是老样子啊。"

"我已经不是你们的主编了,那个称号现在属于新谷。"

"两者不冲突呀……《漫画》的主编也是主编。"

"所以说我们已经站到敌对面了。"

"我不想把主编当成敌人。"

听到这种近乎撒娇的话,克二很是吃惊。

"毕竟主编可是《少年周刊》的创办者呢。"

"看来新谷管教不严啊。"明野面色严肃,"一边凉快去,我可没工夫搞那些情情爱爱的,现在我满脑子都是如何击败《少年周刊》。"

说完,明野不顾满脸羞愧的早苗,立刻转身要走。

"哎呀,明野,这么快就要走了啊。"

虽然被老板娘批评,但主编依然一本正经。

"等会儿我还有约。"

"约小情人了?"

"自然不是。"明野不屑地说,"我讨厌女人。"

早苗听到明野这句话后,脸上的表情为之一变。这一细节被克二的眼睛捕捉到了。和早苗刚进店时相比,此刻的明野简直判若两人。

听说明野的妻子受不了丈夫是个工作狂,一直带着孩子住在外面。

"约的地方很远……我要赶去轻井泽。"

"这个点赶去轻井泽?"

克二有些吃惊。

"坐信越铁路线的夜班列车就行。我和他约好了,在我的小屋碰面。"

时值六月底的梅雨期,这个季节的轻井泽肯定是凉丝丝的。

"我知道了,就是上次负责《少年周刊》的一群人跑去凑热闹的别墅那里吧!"早苗说。

"就是那儿,那么我先失陪了。"

明野刚出门，朗姆就伸了个大懒腰。

"终于走了……再拖个五分钟我就要'窒息'了。"

他找出车钥匙，旁若无人地放在手心捏响："我去取车，也给你们这些负责《少年周刊》的人瞅瞅。"

"貘谷老师，文稿啊！"

克二想追上去，上半身却向前栽去。

喵呜！

柴郡猫差点被吧台椅子砸中，气愤地叫了一声。

"看来他喝醉了啊。"

早苗说完，及时扶住克二的新谷也跟着笑了起来："不愧是一喝就倒的人。"

讲什么？这么一滴点儿威士忌，怎么可能把我放倒？

克二本想抗议，但连张嘴这个动作都觉得麻烦，只好顺势重新落座。只是，他突然有种错觉，仿佛椅子变成了布丁，自己一坐就陷进去了。

"给我——文稿啊！"

哪怕脸贴着吧台，他依然不忘自己的工作。眼前的弹珠晃出了重影，让他无法对焦。

"都这么晚了，明野先生会去见谁呢？"新谷疑惑地问。

"应该是漫画家吧？"早苗猜测。

那珂接上话茬:"那怎么约在那种地方了呢?"

"可能是为了《漫画》第二期、第三期的新连载内容吧。"

这句好像是中迁说的。

"也就是说他邀请到了身份绝密的大作家?"

"说不定是拉拢了'《少年周刊》派'的作家。"

"说得就像政治家的秘密会谈一样。"由布子笑了起来。

"哎呀呀,绵畑先生完全不行了……搭把手,送他上二楼吧。"

迷迷糊糊中,克二听到这样的声音。

还不是时候!

(我得去追上朗姆……不对,是小浊,然后拿到文稿……文稿……)

他想起身,却意外地发现自己无法掌控自己的身体。全身从手到脚都麻痹,只剩下明野那严厉的斥责声仍盘踞在克二脑中。

"预备!"

"起——"

克二听到周围传来这样的声音,紧接着感到自己身体突然一轻……

呜噜噜噜。

柴郡猫那嘲弄的叫声,成为克二记忆中最后的片断。

5

克二想再次与爱丽丝在梦中相会,却未能如愿。

早苗把他从泥泞的睡梦中拽了出来。身为女子,早苗的力气大得惊人,直把克二的身体晃得近乎散架。

"绵畑先生!怎么完全醉倒了!"

"唔……啊……这里是……"

克二缓缓转过头。自己原来还在"蚁巢"的吧台啊。由布子正在播放有线广播,音量大到让眼前的弹珠震个不停。看来是楼梯太窄了,众人本想把自己抬上二楼,无奈却只能放弃了。

"稿子已经有了,你看!"

克二拼命地想看清递过来的纸,纸上用铅笔线条随意地画出画格,画格里面有近似人物的画像和圆形的对话框,形成详细连贯的分镜。

"糟了。"

克二嘟哝了声,挣扎着坐起来。

"我马上……去社里。"

他踉踉跄跄地想要站起来,却好像被椅子卡住了一样,怎么也下不来。在他眼里,这家店依然晃得像是漂荡在海中的遇难船只。

"都醉成这样了,就别勉强自己了吧?"

早苗和新谷一左一右,搀扶着克二重新坐好。

"没关系的……明天早上再去印刷厂也来得及。"

看早苗乐呵呵的样子,克二突然想到个问题:"貘谷老师到哪儿去了?"

"他累坏了,正在楼上睡觉呢。"

可能是应付明野耗费了他身体里全部的能量吧。

"哎,朗姆——"

由布子像站在舞台上一样大声喊。

"小绵起来了!你下来吗?"

"我就算了。"朗姆回道,"我要睡觉……小绵,晚安。"

"啊,你就睡吧!"

克二吼回去。

除了朗姆,店里似乎没有别的客人进出过。中迁正坐在里面的吧台旁玩老虎机。

"几……几点了?"

克二视线游走,搞不清店里的钟原来是挂在哪里。他望向天花板,感觉有些奇怪。天花板上挂着的"蚁巢"标志物,也就是那串电灯,居然不见了,取而代之的是格格不入的长方体吸顶照明灯。

"看自己手表就知道了吧。"

早苗抬起克二的左手腕,只见那便宜货的指针指着十一点五分的位置。克二在这方面算是保守派,所以不戴电子表。

"啊,谢谢。"

克二好不容易才把胳膊肘支在吧台上,只见右手边的果盘后面有个弹珠滚来滚去。等等,刚才主编拿在手里吓唬我的那把水果刀跑哪里去了?

"刀……刀。"

看到克二做出单手划水的动作,早苗发出和她极不相称的怪叫声:"你在招魂呢?"

"刀……刀没了……"

"开始发酒疯了?"新谷笑起来,声音沙哑。

"哎呀,糟糕。"由布子拍了拍大衣,"明野先生把我们店里的刀子拿走了。"

"主编生起气来,什么事情都可能干得出来。"早苗说。

另一边,那珂叹息道:"真年轻……年轻真好。"

原来这位大作家正在看角落小桌上的小型电视。那珂指着画面上一闪而过的少女,自告奋勇地解说:

"绵畑先生,你看到没?这是朱迪·嘉兰①,她后来生下了音乐剧女演员丽莎·明尼里②。当年她还是童星,就拿下了奥斯卡特别奖。"

经他这么一提,克二也想起来了:这部电影是1939年制作的《绿野仙踪》,由《乱世佳人》的导演维克多·弗莱明执导,当时正是二战前美国电影的黄金时期。着迷于童话的克二非常想看这部作品,要不是被朗姆破坏了计划,他这会儿本该悠哉地躺在公寓里欣赏……

(好烦啊!)

克二皱起眉头。老板娘平时看着挺机灵,关键时候怎么把广播音乐的声音开这么大呢?他想要发声抗议,没想到一张嘴就打了个哈欠,只好尴尬地打消了念头。再说了,那珂老师都没开口,他也没什么可抱怨的。还是止住困意要紧,他的上下眼皮几乎要粘到一起去,此刻只能强撑着瞪大眼

---

① 朱迪·嘉兰(1922—1969),美国女演员及歌唱家,在1940年的第12届奥斯卡金像奖颁奖典礼上,荣获当年奥斯卡最佳童星特别奖。
② 丽莎·明尼里(1946—),美国女演员、歌手及主持人。

睛，注视着显像管。

电影似乎才刚刚开始，小屋连带着嘉兰饰演的多萝西，被飓风卷上了天。

"奇怪，画面都没有颜色。"

见由布子伸手去拿遥控器，坐在那珂旁边的新谷笑着解释：

"直到进入奥兹世界为止，这部电影的画面呈现都是黑白的。"

（啊，我记得在书上读到过这个。）

克二手里拿着装文稿的信封，正准备撑起自己摇晃的脑袋，就听到早苗的声音：

"来杯咖啡吧，会好受一点的。"

"是。"

"是喝，还是不喝？"

"是……要喝。"

由布子苦笑着泡了杯咖啡，可惜毫无效果。克二还没喝完，就又回到了梦里。浑浑噩噩间，他似乎中了彩色版《绿野仙踪》里的沉睡魔粉。在额头撞上吧台前，他又看到了弹珠，这次是滚到了左手边的咖啡机和搅拌机之间。

直到这时，克二才想起柴郡猫。

（怪事……那家伙跑到哪里去了？）

6

克二再次醒来时，已经躺在自己公寓的被窝里了。如果公寓也能分上个三六九等，那么他住的和平庄只能算是末等。和平庄是栋上了年头的三层水泥建筑，克二的房间在二楼，算是传统的二居室。一楼是住户的车库，可惜克二不会开车，用不到车库。他每天靠步行上下班，路过一楼时便会看到邻居川添笙子那辆潇洒的银灰色轿车。

"请你适可而止！"

听到笙子那熟悉的声音，克二猛地回过神来。这里所谓的二居室只是把南北纵深切分成三块，布局非常通透，只要从被窝里探出头来，别说卧室和厨房，就连玄关都能望个一清二楚。

抬头一看，只见川添笙子身穿睡衣站在门口，而她咆哮的对象背对着克二，好像是朗姆。

"别急，你先别急！"

朗姆夸张地高举双手。

"只要小绵平安抵达,我就安心了。真的,我马上就走,但看在美人的面子上,如果你想要,我可以签个名。我是貘谷朗姆。你平时不看漫画吗?这样啊,真可惜,那再见。请多保重。嗯,我对美人一向很友善。"

几句话的工夫,两人已经快要退到走廊上。

"吵到邻居休息了吗?"

克二听到枕边突然传来另一个声音,吓了一跳。原来是《少年周刊》的新谷。

"怎么都惊动邻居了?"

"因为小绵的鞋子卡楼梯口了……哎呀!你醒了。"

"谢谢……我完全醉趴下了。"被两双眼睛盯着,克二很不好意思。

"别放在心上。"

新谷挥了挥手。

"我们都是明野学校的学生嘛……和那个人待久了,多少会被气得想喝酒。隔一阵子总会产生一种奇怪的怀念之情,就又想喝酒了。我也是这样过来的……"

新谷站了起来。

"貘谷老师,我们走吧。"

"好。"朗姆应声道。

难以想象这两个人会闹腾到笙子上门怒吼的地步。看来他们在"蚁巢"的夹层睡了一会儿之后，精神多少恢复了一些。

"老师。"

克二一边确认信封里的文稿，一边急忙坐了起来。宿醉导致他的头隐隐作痛。

"我什么时候能拿到漫画？"

他停下脚步，慢慢地转过身来。

"四天……三天之内吧。"

"拜托你了。"

说完这句，克二再也撑不住，"咚"的一声躺回被窝。

喵呜。

某处传来猫叫声。不可能是柴郡猫在叫，克二的公寓虽在新宿区，但离四谷还很远。一定是笙子养的母猫在叫吧。那只猫很是漂亮，可以说猫随饲主。

第Ⅱ章

密室杀人是怎么回事?

Alice was beginning to get very tired of sill by her sister on the and of having nothing do: once or twice she ho peeped into the book sister was reading, but s. in it, and where is without pictures or con

I

"喵——"

春意正浓,这些猫是都发情了吗?

"吵死了。"克二嘴里嘟囔着。

一般来说,"吵死了"写作"五月蝇",既然现在是猫在吵,应该写作"春情猫"吧。①大概是由于抽水马桶的普及,

---

① 日文中的义训,有时标注的假名读音会和汉字写法固定的读音不同,"音""意"共同表示词的含义。《日本书纪》中记载,每到五月就会有数量庞大的苍蝇汇聚扰民,加之五月天气逐渐炎热,使人烦躁,后来夏目漱石将"吵死了(煩い)"写作"五月蝇(五月蝇い)",因读音均标为"うるさい",这个用法才推广开。这里克二是在模仿夏目漱石,将"吵死了(うるさい)"冠以其他写法。

苍蝇的数量显著减少，干脆把"五月蝇"改成"妻子抱怨""上司斥责""竞选活动""电视广告""噪音污染"之类的词吧。

"吵你个喵啊！"

突然，猫开始讲人话，把克二给吓醒了。出现在他面前的既不是有马怪猫①，也不是穿靴子的猫②。

"终于醒了喵罗？"

没错，这特殊的语癖，正是赤冢不二夫画笔下的喵罗。此刻它正注视着躺在地上的克二。

"这里……是哪里？"

克二想坐起来，可是后脑勺像被锥子扎过似的阵阵刺痛。他好不容易才咬着牙，挣扎着站了起来。毕竟，在这里呆呆躺着也无济于事。

他定睛一看，原来自己倒在一片灌木丛生的密林里，脚下的泥土颜色就像牛肉烩饭。

喵罗欢呼道："站起来喵罗！"

"太好了，克二。"

---

①有马怪猫出自日本古代传说，因其与久留米藩的藩主有马赖贵相关而得名。
②穿靴子的猫，指法国作家夏尔·佩罗于17世纪发表的童话，后来该故事于2011年被改编为动画电影。

还没等他反应过来,爱丽丝就扑进了他的怀里。看起来,这是上一个梦的延续?

无论如何,梦也好现实也罢,克二都见不得可爱的爱丽丝面露不安,忍不住想要拥抱她。这里只是夸张的修辞,但其实他很久以前就"拥抱"过爱丽丝了。

"后来发生什么了?之前的神父果然是喵罗变的啊。有人趁我没反应过来的时候把我打晕了,好疼啊……到底是谁拿什么打了我的头啊?"

爱丽丝还没来得及回答,喵罗就骄傲地摆起架子。

"没办法,不能让你跑了啊。"

那小模样活像双目相连的警察①。明明几年前还是反体制派的象征②,什么时候变成了国家权力的"走猫"了?

"才没变喵!这玩意儿到我手上,不用白不用喵。"

喵罗掏出个带俩角的小盒子。

"金属盒?究竟是什么啊?"

"看好了喵。"

---

① 双目相连的警察,指赤冢不二夫的漫画《天才傻鹏》中的角色,统称"本官"。
② 喵罗那忠实于自己的欲望而行动的攻击性步法,与日本20世纪60年代末的全共斗一系列学生运动的高涨情绪不谋而合,所以生活在同时代的左翼学生将其视为反体制的偶像。

它摸了下盒子，似乎打开了某个机关，小盒子的俩角便开始哔哔直响地传送电波。电波居然肉眼可见，实在是稀奇，但这样的确更显魄力，不过还是随它去吧。

正当克二静候其变的时候，他站的地方突然震了起来。

"啪"的一声轻响，他背后的冠杜鹃花①籽儿飞弹而出。在丰富多样的杜鹃花属中，这个品种的花冠呈四分五裂状，种子很容易因空气振动而爆裂弹出。受其影响，几株铁条莲差点倒在爱丽丝身上。那种多刺的藤蔓植物由铁线莲进化而成，常常聚集形成易守难攻的堡垒形态。

克二赶紧抱住爱丽丝。

"危险！"

"没有虻②喵，只有蜘蛛。"喵罗指着树枝，笑着说。

有只蜘蛛从树枝上"嗖"的一下顺着蛛丝垂落，它的触肢上闪过一道小小的闪电，看来是只雷蛛。③

"没关系，这品种没有毒，不过碰到后会有触电感。"

不同品种的蜘蛛都在忙着撤离这里，有浑身漆黑的黑蜘

---

① 此段中的植物均为作者虚构，现实中杜鹃花属植物具有丰富的物种多样性。
② 日文原作中存在的文字游戏，因日语中"危险（あぶない）"和"没有虻（あぶない）"发音相同。
③ 日文原作中存在的文字游戏，因日语中"蜘蛛"和"云"发音相同。

蛛，有体形庞大的入道^①蛛，还有具有集体迁徙习性的沙丁蛛^②等。它们到底在躲谁呢？

"是铁人28号^③！"克二大声喊道。

他鼻梁高挺，面孔如同中世纪的骑士，腰上扎着深红色的腰带，身披特殊的蓝色钢铁，这就是机器人中的体力劳动者（蓝领），力气数一数二的铁人28号。

"被吓到了喵？"喵罗高兴地喊道，"刚才用他的拳头给你的脑袋来了一下，你一下子就倒了。"

"你这人真粗暴。"

"我不是人。"喵罗对生气的爱丽丝置之不顾。

"是猫就要有点猫样啊。"她看上去更生气了。

"你很宠那个驼背^④男嘛。"

"讲什么，明明是你把铁人28号偷偷据为己有^⑤！"

"偷偷据为己有？你在说什么喵？我是光明正大取得的喵！"

---

① 入道，日本传说中的妖怪，多体形庞大。
② 此处作者玩了以蛛代鱼的文字游戏，因沙丁鱼喜欢成群结队地游动。
③ 铁人28号，日本作家横山光辉所创作的漫画中的超级机器人角色，该漫画于1956年开始连载。
④ 日文中的"驼背"写作"猫背"，前面"宠"的日文表达是"猫かわいがり"。
⑤ 偷偷据为己有，日文原文为"猫ババ"，用法出自猫会刨沙子隐藏粪便的习性。

"从谁那里拿到的呢?"

"这个嘛……"

喵罗突然支支吾吾起来。

"快点回答!"

"可是……由于我是猫舌①……"

"休想蒙混过关。"

气氛越来越紧张,喵罗就像爬上了滚烫的铁皮屋顶一样踱着猫步。

"喂,老爹!我已经把嫌犯带来了!"

喵罗突然朝树林深处喊了一声,然后如风般溜走。片刻后,铁人像是才反应过来一样,背后的两个推进器喷出火焰,飞了起来。

克二目送着铁人从天上飞走,还是搞不懂发生了什么。

"所以是铁人敲晕我,然后把我从婚礼现场带到这里的吗?"

"是啊,我拼命抓着你的胳膊才跟过来的。"

"谢谢……很高兴你能跟过来,不过事件和嫌犯到底是指什么?"

---

① "猫舌"一词在日语中用于形容不喜欢烫口食物的人,这里指像是需要等食物冷却下来,所以才是一副慢慢吞吞的样子。

"这个嘛,就由我来说明吧。"

有个男人从树林深处走出来。虽然喵罗叫他"老爹",但他只是个精悍的小个子,看起来年纪并不算大。不幸的是,他的发际线正在后退,也难怪会被叫作"老爹"。他晃着鼻子下面的大胡子,自报家门:"本人伴俊作,是一介私家侦探。"

II

如果眼前自称伴俊作的人正是胡子老爹,那克二之前已经通过手冢治虫的漫画对他很熟悉了。①他像对待老熟人那样随意打了个招呼,却见对方很不高兴地捻了捻胡子。

"我怀疑你是杀害柴郡猫的凶手。"

我杀了柴郡猫?

克二惊得想要仰天长叹,但出于两人的身高差只好作罢,让视线茫然地落在私家侦探那有点秃的脑袋上。

---

① 胡子老爹,日本作家手冢治虫笔下的人气漫画角色,曾在手冢治虫的《怪医黑杰克》等作品中登场。

"搞什么啊?"克二有些语无伦次。

爱丽丝抓着他的胳膊,力道大得出奇。

"总之先解释下吧。"

"好,你过来。"

胡子老爹摇了摇头,拨开溲疏①花丛。白色花瓣纷纷落下,宣告夏天即将来临。据说这种花加上胡萝卜、青豌豆、羊栖菜等一起用酱油煮,便能做成一道廉价的小菜,但此时克二顾不上想这些了。他气喘吁吁地跟着胡子老爹,拨开撞到身上的猫嫌草②时,尖锐的叶子边缘把手指都割破了。克二舔舔手指上的血,眉头紧皱。猫嫌草果然名副其实,滋味令人作呕。割破手指会流血,却不会让人喘不上气,不过听闻杜鹃会啼血,一定是自己喘得还不够厉害才没流血。

"那边就是犯罪现场。"胡子老爹指着前方说道。

树林间有块巴掌大的突兀空地,他指的应该就是那里。不过乍一看并没有柴郡猫的尸体,只有间简陋的小木屋,简直就像是美国西进运动时的建筑③。

---

①此处指齿叶溲疏,一种虎耳草科的落叶灌木,开白花。
②此植物为作者虚构,原文为"ネコイヤラシの草"。疑似根据用于逗猫的狗尾巴草的日文"ネコジャラシ"改变而来。
③美国独立后向西扩张,拓荒期间建造的木屋十分简陋。

此时有只兔子在木屋前蹦蹦跳跳,它也是《爱丽丝梦游仙境》故事中的老熟人,名为三月兔。见它一个没控制好摔了个屁股蹲儿,胡子老爹不禁笑了起来。

"你笑什么?有什么好笑的?"三月兔在附近乱跳乱转,喊着,"我可没摔个屁股蹲儿。这附近垃圾太多,我是想把屁股毛上沾到的脏东西给清理干净。不是摔屁股,而是清屁股!"

"**股**你个头,"①胡子老爹打断它的话,"笑一下你都忍不住要斗嘴,真不像样……刚才这段时间有谁来**过**?"

"**过**路的小猫都没见**着**。"

"**照**计划就好,下面把犯人押进屋子**吧**!"

"**把**我押进去?……这是直接把我当犯人**看**?"

"**看**你这急样儿,先进去再**说**。"

说话间克二被领到屋子里,看到里面空荡荡的,不禁愣在那**里**。

"**里**面没有你们口中的猫**啊**!"

"**啊**,"胡子老爹手指着地板,"就在**这块**。"

---

① 从此句开始,日文原文前后句进行了文字接龙,即下句起首一个字、两个字或三个字的音与上句末尾一个字、两个字或三个字的音要相同(不包括音调)。此处用加粗字体表示。

"这块？我怎么啥也没看见？"

"见着就怪了，你是天生的白痴吗？"三月兔笑了起来，"柴郡猫可是会**隐身**……"

"**隐身**！"

身旁的胡子老爹捻了捻胡子，显得索然无味："你也太迟钝了。这里确实有**尸体**。"

尸体当前，事到如今也不好再退缩，克二伸出手，紧张地探向眼前的空气……"我**摸到了**！"

"**摸到了**吧，我就说在那个方**位**。"

"**委**实倒霉啊柴郡猫，撞上恶煞凶神，头破血流而**死**。"

"**思**及物以类聚，人以群分，我还以为犯人肯定是喵罗呢！"三月兔瞪了克二一眼，语气活像个顽固老头，"不过，现在我们眼前的男人更为可**疑**！"

"**咦**？我们不能光凭长相就断定这个人有问题啊……"和三月兔相比，胡子老爹似乎更显人道，"不过我也觉得你是**犯人**。"

"**犯人**绝对不是我，救救我吧！"爱丽丝扶着摇摇晃晃的克二重新站稳，"天大的冤枉啊！我到现在连发生了什么都还不知**道**！"

"**道**理我也清楚，所以我们现在就准备说明嘛。来来来，找个地方坐**好**。"

好在爱丽丝够机智,她摊开手帕给克二垫屁股……克二已经近乎麻木了,可看到屋子里连地板都没有,只是以草来代替绒毯,还是吃了一**惊**。

"**警**探先生,你们大概是因为我的外来者身份而怀疑我吧?仅凭这种理由草率定罪也太不负责了,我已经和爱丽丝结婚了,还买了红宝石婚戒!我们必须抗**议**。"

"一定是哪里搞错了,我也相信克二是**无辜的**!"

"**无辜的**申辩也有道理,如果两人因爱情而走到一起,首先要做到互相信任。"胡子老爹看着两人急躁的样子,笑着**说**。

"**说**到这里,我姑且再确认下,"三月兔生气地说,"胡子老爹侦探!你有证据证明这个人不是**犯人**?"

"**犯人**不是他,其实……"胡子老爹严肃地点点头,然后对着三人压低声音,营造出紧张的氛**围**。

"**唯**一言以蔽之,这起杀猫事件是'密室'事件!"

锵锵锵……这样接龙下去简直没完没了,还是让我们开启下一章吧。

III

"密?"

"室?"

爱丽丝、三月兔和克二都眨了眨眼。三人有六眼,六八四十八,眨呀眨呀眨。惊讶的爱丽丝,打嗝的三月兔和随声附和的克二齐声问胡子老爹。①

"这……"

"到底是……"

"什么意思?"

"密室杀人,原本是侦探小说的经典模式之一。"

胡子老爹兼职小学老师,讲起课来有模有样。

"早在《莫格街谋杀案》中,侦探小说鼻祖埃德加·爱伦·坡就强调了密室的神秘魅力。发生在封闭空间里的杀人

---

① 此处的文字游戏是作者把眨眼(ぱちくり)一词拆分为八次(はち)和重复(くり),再乘六只眼睛,故总计重复了四十八次。此外,"惊讶""打嗝""随声附和"的日文假名中也都含有"くり"。

事件！犯人是如何逃脱的呢？不过，在我看来，那起密室杀人事件的解答会有些不够公平。

"不久之后，天才勒鲁①发表了《黄色房间的秘密》，遵循完美逻辑的密室杀人就此诞生。不幸的是，比起追求逻辑解谜的趣味，侦探小说在日本更接近妖异的志怪奇谭，而非益智游戏之类的谜题。直到二战后，以横沟正史的《本阵杀人事件》为代表的杰作接连涌现，才得以面目一新。只有开始了解其中旨趣，才能为大众所接受，形成潮流吧……

"不过，这段繁荣期也是转瞬即逝。日本那些受过战前富国强兵教育的'伪成年人'，在高度成长政策②中寻找能量的发泄口。他们认为游戏是罪恶的，只有辛勤工作才是正道。这种风气，一方面舍弃了弱者，另一方面导致实用主义文化盛行，不断培育出那种死脑筋的书呆子。

"那些知识分子居然打算通过阅读小说来学习企业结构，学习管理人员的辛劳和经营理念的谋略……简直是蠢到家了！"

讲到这里，胡子老爹突然激动地撸起袖子，吓得克二以

---

① 加斯通·勒鲁（1868—1927），法国推理小说作家。
② 高度成长政策，指20世纪50年代后期开始，日本以发展重化工业、不断扩大经济规模为基调的经济政策。

为他要打人。

"不管是小说还是漫画,只要有趣就好!有趣就没问题了。不管是认真写的,还是乱写一通的,重点不都是要引起读者的兴趣吗?就是有些家伙乱较真,电视上才会打出'故事中出现的团体和人物均为虚构'这种字幕吧……这样下去,《铁臂阿童木》早晚也要加上句'科学省和御茶水研究所均与实际存在的团体或人物无关'。"

"唔……"胡子老爹不好意思地挠了挠头,"我刚才在说什么来着?喔,我本来想说,侦探小说变成推理小说后,密室的魅力就逐渐消退了。可是……"

他刻意提高嗓门。

"这次的柴郡猫事件,绝对是密室事件!"

"不管你是想拐弯抹角还是直截了当,请把情况给我们讲清楚啊。"三月兔嚷嚷道。

"简单来讲,喵罗刚找到这里的时候,屋子的大门、后门、窗户都上了锁,我们只能破坏厨房的后门,钻进屋子里。如果要说得更清楚些,就是喵罗为了找到自己的好朋友柴郡猫,跑到了林子里,然后发现了这间陌生的小屋。我和喵罗破开后门,进入小屋,看到了一幅奇怪的景象。"

"你们看到了什么?"

"有块木板浮在离地二十厘米高的地方……好像是从天花板上掉下来了一块。"

"木板怎么会浮在半空中呢?"

"我们也觉得很奇怪,喵罗就把手伸到木板下面,然后发现……"

"那里有柴郡猫的尸体!"

胡子老爹沉痛地点了点头。

"发现它的尸体前,我们都以为屋子里没人呢。"

"手一摸就知道是它了?"

"因为喵罗和它是好朋友……而且这个世界上,只有柴郡猫能隐身。喵罗摸完后换我摸,我注意到柴郡猫的前额部分凹下去了,很明显是被人打死的。这时,不可思议之国的原住民——三月兔跑了过来。和它不同,我和喵罗只能算是异乡来客。"

"我突然想到,爱丽丝的结婚对象是从某个旮旯角里蹦出来的,实在可疑!我就让喵罗它们去找人,自己留在这里看守现场。"

"这样怀疑别人也太草率了吧!"克二很生气,"首先,我没有动机。"

"其实是有的,"三月兔说,"柴郡猫喜欢爱丽丝。"

"它喜欢我?"爱丽丝瞪大了眼睛。

"而你居然跟这样一个邋遢货……"

"他的名字是绵畑,不叫邋遢货。"

"好吧好吧,愤怒的柴郡猫就把这个邋遢……绵畑给叫过来,说'决斗吧!拍十下屁股,看谁血统更纯正!',然后你就卑鄙地打了它的头。"

"什么乱七八糟的。"

爱丽丝责备道。

"再说了,你怎么知道柴郡猫喜欢我?"

"至少它对你很感兴趣!感兴趣到恨不得把你一口吞下去……因为柴郡猫是猫,而你生肖属老鼠。"

"这逻辑真是跳跃,估计都不能把自己说服吧。"

胡子老爹朝三月兔摆摆手,感叹道。

"不管他有没有犯罪动机,只要犯罪手法无法查明,就不能去指控……也是喵罗去逮捕绵畑后,我才想起这点,刚发现的时候现场是密室啊……你看。"

胡子老爹用他那胖乎乎的手指挨个儿把门和窗户点了一遍。

"每个出入口都从内部上了锁,在这种情况下犯人如何能在殴打被害人后全身而退呢?"

一时之间，三人一兔皆沉默不语……这沉默重得让人说不准是千斤还是万钧，只凭巨大的质量就把四人的推理压垮，无声无息。

"是飞天，还是遁地了呢？"

三月兔看着天花板。

"天花板上没开洞啊……那么有可能是遁地吗？"

克二以为它是为了掩盖错误而强行找思路，但似乎并非如此。

"只要物体的密度够大，那应该在土里也能像在空中一样自由翱翔。科幻小说里都是这么写的。"

"就算参考小说，也应该看推理而非科幻啊！"

克二很是生气。

"如果是在科幻小说里，不管是密室还是混蛋……"

说到这里，他才想起来保持自己在爱丽丝面前的形象，连忙改掉了粗鲁的说法。

"不管是密室还是排泄物，都不存在。杀死柴郡猫之后，犯人直接瞬间移动就行了。"

"或者远程击杀柴郡猫。"

"不用想那么多。"

胡子老爹解释说。

"我们虽身处仙境,不过正如梦幻的迪士尼乐园也要遵循物理法则一样,这个世界也处在常识的范围内。"

"说起来有些出场角色相当地超乎常识啊。"

克二正说着话,有只白兔从厨房后门的破洞里探出脑袋。

"皇后传唤——"

"传唤我们?是要我们继续办婚礼吗?"

"不,是审判。动作快点,不然就要被砍掉脑袋了!"

白兔不耐烦地喊道。

"皇后想先把庭审搞完,将绵畑克二定罪,那样才能依法砍脑袋。"

"无论如何我都要掉脑袋吗?"

克二吓得浑身发抖。不过这风格,确实是那个皇后会做出的事情。其实,即使没有皇后,人类的常态也是乐见丑态而非恭贺喜事,比起看到陌生人幸福美满更愿意见人遭遇不幸。

"爱丽丝,我们逃吧!"

克二一把抓住少女的手腕,冲向门口,结果撞上个硬邦邦的东西。他在昏迷前只花了不到十分之一秒,就意识到自己撞上的是铁人28号的特制钢腿。他行动一向迟缓,这已经算是破天荒的反应迅速了。

第 2 章

女人与男人的历史

1

"哇,睡过头了!"

克二口中蹦出怪叫声,随后像吓人箱里的玩具蛇一样弹起身子,拼命把胳膊往衣袖里伸。当他沉浸在爱丽丝的梦中时,时间也在无情地流逝。起床后第一件事是要把朗姆的文稿送到印刷厂!克二想到这点,急忙跑出公寓,低声下气地把文稿交给板着脸的印刷厂负责人,然后垂头丧气地前往幻想馆。

"这么晚了,还在磨蹭什么?"

他在脑海中幻想着明野生气的模样,决定就算等会儿被明野怒吼，也绝不回嘴。可当他哆哆嗦嗦地推开《漫画》编辑部的大门时，却意外地发现明野不在自己的座位上。

啊，说起来主编昨晚去了轻井泽，看来到现在还没回来啊。克二感觉自己是虚惊一场，但身为编辑的职业操守还是让他良心隐隐作痛，所以他决定等主编上班后就主动道歉。虽然醉到不省人事，导致早上睡过头并错过了约定的时间，但迟到的文稿确实送到了印刷厂。

克二能想象到主编暴跳如雷的样子，但只要自己装鸵鸟①，总能熬过这一劫。

上班没过多久就到了中午。干这行可没办法掐着点、插着兜去吃饭，不过等到下午一点多，办公室里便陷入冷清的氛围中。同事们若非出去吃晚午饭，便是开始出外勤了。漫画家多是"夜行动物"，很多人要等到太阳偏西才起床。

副主编如大象般身材魁梧，眨着一对锐利小眼，向独自留在房间里的克二搭话道："小绵，你吃过了吗？"

"没……我就算了。"

"啊，宿醉了？"

"嗯，没错。"

---

① 装鸵鸟，指对所面对的情况进行选择性忽视的一种逃避心理和行为。因鸵鸟遇到危险时会将头埋入沙土中，选择无视而自认安全，故由此引申出。

真是火眼金睛,一眼就猜到了。

"跟谁喝的?应该不是主编吧?"

"我没跟他喝,天刚擦黑的时候倒是见过一面。"

"那后来他跑哪里去了?"

副主编咔嗒咔嗒地给打火机来了两下,到第三下的时候总算点着了香烟。

"这个嘛……他说要去轻井泽。"

"轻井泽啊。"

副主编的声音提高了一个八度。

"搞什么,下午的编辑会议他还能参加吗?"

克二无法回答这一问题。

"我还以为他上午已经回来了。"

"影儿都没见。"

两人同时转头望向明野空荡荡的办公桌。虽然桌上连一朵花都没有,但《漫画》创刊号封面的打样铺满了整张桌子,因此显得色彩斑斓。

"实在难以相信,这个魔鬼居然会翘掉会议。"

副主编喃喃自语。

"难道是火车发生事故了?真有意外情况也该给我打个电话吧。"

刚一说完，副主编面前的电话就响起刺耳的铃声，仿佛等候已久。

"说曹操，曹操到啊。"

副主编笑着拿起听筒。

没错，正说着主编呢，电话就来了。

"喂。啊……明野重治郎？是的，他是我们这儿的主编。"

突然间，副主编猛地站起身，椅子的声响把克二吓了一跳。他弯着腰，用力握着话筒，力气大到拳头都发白了。

"主编死了？而且是被杀的！"

副主编惊得直起身子。

"在哪里？轻井泽的……别墅里……"

克二受到的冲击更甚。转瞬间，副主编接电话的声音飘然远去，只余下茫然呆立的克二。

主编被杀了。

主编被杀了。

主编被杀了。

这句话像耳鸣般重复循环，不带任何实质内容。

"小绵！喂，小绵！"

克二猛然回过神来，只见正用手捂着听筒的副主编脸色大变，瞪向克二。

"把那几个磨洋工的家伙都给我喊过来！啊，等下，先去跟社长打声招呼！喂喂，久等了……"

没讲两句，他便继续开始回电话。克二见状，拼了命地跑出了编辑部。

明野主编……那个偏执狂、虐待狂、名伯乐，在轻井泽被杀了……仿佛被人用棉花勒住脖子般，克二慢慢陷入令人窒息的恐惧，这才有了面对死亡的真实感。

2

若非机缘巧合，明野的尸体可没那么容易被发现。现场位于轻井泽名为绿平的别墅区，而这块小地皮距离轻井泽车站驱车也要二十多分钟。相比正统的"旧轻"①，绿平的位置只能算是"卡"在轻井泽的边缘上，唯一优势就是离快速路很近。为了沾上轻井泽这个宝贵名字的光，这一带除了新

---

① 旧轻，指旧轻井泽区域及其周边，主要为长野县北佐久郡轻井泽町大字轻井沢，为该行政区域扩张前的略称。

旧轻井泽，更有中轻井泽、西轻井泽、北轻井泽、南轻井泽等一堆轻井泽。

土地区分售卖开始不到一年，绿平这里的售出率还不到百分之四十。更何况，现在还没到夏天，这里的常住人口为零，只有明野在内的极少数人会过来。若是大型开发商，肯定会规划物业楼，但开发绿平的三流业者自然不会大手大脚，更不存在常住的物业人员。所谓的大日本土地销售，只是名字起得大气，要不是有目击者，再加上运气特别好，这一事件恐怕一时半会儿难以浮出水面。

幸运的是——对当事人来说或许是不幸的偶然——这一天，空荡荡的绿平来了一位访客，名为坂部的水厂员工。轻井泽海拔九百米，冬天寒气逼人，别墅的自来水管很容易被冻坏，所以住户通常会在冬天到来前申请关上总阀，把水排掉。下次来住的时候，再提前申请把阀门打开，方便一来就能用水。因为事务繁忙，接到绿平某户的申请后，这家私营水厂的员工一直没能抽出空来处理。直到今天，老板才让他儿子骑着摩托车来处理。

当完成手上的工作，正要返程的时候，坂部注意到位于地块入口附近的明野家砖砌的烟囱吐着淡淡的烟雾，似乎是开着暖气，令人心生疑惑。晚上天冷，开暖气还算正常，但像现在这种阳光明媚的大白天,就算身处海拔超过一千米的高地也足够暖和。他好奇地走到南面的大阳台,挺直腰板趴在半腰窗上,透过没拉严实的窗帘空隙向客厅里面张望。

他心想,要是有人问起,就说自己"来看看自来水有没有出问题"。百叶窗和窗帘几乎完全遮蔽外面的光线,但是天花板上的灯亮着,所以看得很清楚。

客厅中央,有个男人趴在深红色的地毯上。

他的背上竖着根红色棍子,插在左肩胛骨附近。坂部眨了两三次眼,才终于看清那根棍子其实是刺在男人身上的刀的柄。意识到这点后,他忍不住发出惊恐的叫声。

接到警方的通知后,副主编深受刺激,导致克二好不容易才弄清发现尸体的大致经过。

新杂志创刊之际,幻想馆编辑部一片混乱,众人如热锅上的蚂蚁般手忙脚乱。在克二不知道的地方,接连召开的会议确定了由社长芳贺聪暂时代行《漫画》主编一职,直到继任者确定为止。虽然与漫画无缘,但曾为文学青年的芳贺也是幻想馆招牌杂志《幻》的主编,这无疑给颓丧的编辑部注入了一针强心剂。

暴君般的明野消失后,有些老编辑反倒是干劲十足起来。

"这下子轻松多了吧?"

"简直好过头了,不过之前戴的'帽子'太重,现在头还在疼。"

"社长也对明野先生的独裁感到不耐烦哦。"

"现在这样挺好,在社长手下干活,一旦被看上就能马上转到《幻》编辑部了。"

现代媒体诞生前,有句古老的谚语叫作"去者日以疏"。就算是那位魔鬼主编,即使只过了短短几个小时,也会被大家无情地抛到脑后。

克二被这一连串的变故吓得双腿发软,呆呆地坐在办公桌前。有个比他早一年入行的编辑路过时,拍了拍他的肩。

"哟,小绵也可以回去做'世界民间传说'系列了。"

这无疑是他的愿望。

但是克二无法像他的前辈和同僚们那样,明目张胆地庆贺明野的死去。的确,他自以为是又固执己见,就连老实巴交的克二也多次恨不得把他杀掉。

可是⋯⋯

克二推开椅子,站了起来。

"我去找下朗姆。"

"文稿已经送到印刷厂了吧?"

好不容易恢复平静的副主编眨着他那双小眼睛问道。

"是的。"

"既然这样,就别急着去找朗姆了,拜托去找下吾妻日出夫吧,他的稿子应该好了,可电话一直占线。"

"我明白了,马上就去。"

"长野县警方等会儿好像要来问明野的事,小绵你应该是我们社里最后见到他的人吧?刑警一定会找你问话的,所以要早去早回啊。"

"好的。"

"要是拖拖拉拉的,会让人怀疑小绵就是犯人啊。"

在副主编的笑声中,克二匆匆离开了编辑部。

3

漫画家吾妻日出夫曾于1979年在名古屋举行的科幻大会上获得日本星云奖最佳漫画奖。他擅长塑造倔强可爱的少女形象,让她用纯真又怪诞的方式,激情演绎各种即兴发挥的惊奇荒诞剧情。他的这种创作风格备受各类读者的好评。

　　他住练马区①，在家附近租了间工作室，平时就在那栋二层小楼的一楼——六叠②大的房间和厨房活动。门口名牌上写着"没精神工坊"，看起来很怪。那地方与神社相邻，说得好听点是神韵缥缈，说得难听点就是容易惹东西上身的环境。吾妻老师带着两名助手，就像考试前夜的中学生一样，趴在桌子上奋笔疾书。画累了，他就窝到房间中央的被炉③——或者说麻将桌上继续画，再不行就躺在榻榻米上画。

　　到工作室等候稿件的编辑就自己找空位置坐下，这已经算是约定俗成的做法了。这天，克二就碰到了井垣早苗。

　　"咦？井垣女士，这么巧你也在？"

　　克二正准备问问她在等什么，忽然想起吾妻在《少年周刊》上也有长期连载的作品。

　　"哇，《漫画》的编辑已经来了啊。"

　　坐在椅子上的吾妻回过头来，只见他眼睛红得像兔子。一旁的助手们耸了耸肩，令克二产生不祥的预感。

　　"特意把电话线给拔了，没想到还是来了。"

---

①练马区，该区位于日本东京23区的西北部，众多的漫画家曾在此居住。
②六叠，约10平方米。
③被炉，即暖桌，日本独特的冬季取暖用品。

看来副主编很有预见,这才把克二派了过来。

"吾妻老师,你这样我很难办啊。"

克二无法当面发火,只能好脾气地苦笑两声。

"还有一个小时,再等一个小时。"

"再等一个小时就能拿到稿子吗?"

"就能拿到《少年周刊》的稿子,你的还在后面。"

早苗小声地说。

"昨天晚上我陪着折腾了那么久,你就再等等吧!"

"这算什么话!"

吾妻老师应该是觉得之后就交给早苗去应付好了,便转过他那板正的背。克二立刻默默计算。吾妻老师的稿子无须四色印刷,也无须双色印刷,仅仅是单色的八页,就算今天拿不到稿子,对杂志的影响也不是很大。

克二放下心来,不慌不忙地瞪了早苗一眼。

"如果是吾妻老师这边的情况害得《漫画》延期发刊,可都要怪你……明野先生变成鬼也要跑出来找你。"

脱口而出的时候,他才想到早苗有可能还没听说明野的死讯,可下一秒便见她哭丧着脸。

"别提他了。"

"咦?"

"两个人都在这里等稿子,太过打扰……老师,我们先去'卡特莱亚'等。"

说到后半句时,她朝着吾妻的背大声喊道。

"请便。"

老师忙着赶稿,随便回了一声。所谓"卡特莱亚",是车站附近的一家咖啡店,吾妻自己在琢磨点子和文稿的时候也经常去那里。

正当他们走到门口,玄关大门在两人面前发出不祥的声响,有个看起来很寒酸的男人走了进来。

"哎呀。"早苗弯下腰问候。

这人看着有些面熟,而且看早苗这么客气的态度,应该也不会是个新人漫画家。

"友竹老师……好久不见。"

"啊,是你啊。"

那张干巴巴的脸上浮现出敷衍的笑容。友竹,友竹。克二把自己脑袋里关于漫画的知识翻了个底朝天,才猜到对方是名为友竹建夫的剧画家。早苗见他呆愣在一旁,便机敏地想介绍一下。

"老师,这位是来自即将创刊的……"

"不用来问我。"

友竹挥了挥手。

"问了也是白费功夫,我的身份摆在这里,没办法直接给你们的杂志供稿。"

"是小友吗?"

从工作间传来了吾妻的声音。

"快进来吧。"

"不好意思,我来晚了。"

他挠挠头,进去找吾妻。余下的两人顺势离开"没精神工坊"。

"他在帮吾妻老师呢。"

"那个人是老师的帮手?"

除了常规的助手之外,漫画界还常常在繁忙期临时雇用如游击队员般的漫画家,不过雇用对象仅限于年轻人。

"他自己说了,手上接不到活儿。吾妻老师看他可怜,就不时找他来搭把手。"

"他创作过好几部热门作品吧?"

克二觉得很奇怪。

"居然这么快就被人遗忘了。"

"漫画界就是如此严酷……他创作的漫画人气高涨时,单行本初版印刷超一百万册。可就算有这种底子,版权方也不敢冒险。明野主编早就放弃他了……"

克二还是第一次听说。

"听说他只注重画面，剧情随意糊弄。"

"然后就没人找他约稿了吗？"

"你想啥呢？"

早苗笑着说。

"《少年周刊》一放手，《周刊少年杂志》和《周刊少年Sunday》可就会美滋滋地来捡漏。其实友竹老师已经在这两本杂志上连载过两次了，可惜都没能火起来。现在估计他们也和明野主编的想法差不多了吧……友竹老师的人气排名已经是一落千丈了。"

漫画杂志的调查问卷数值比电视收视率更为严峻。"你觉得本杂志连载的哪些漫画比较有意思呢？请在你心目中的前三名上标〇。"标记好后，读者把问卷寄回出版社，然后出版社就会立刻统计出人气排名。排在后面的作品原则上会被移到杂志末尾，最终注定会消失。

耳边传来热闹的军舰进行曲。明野多少经历过二战前的生活，或许能从这旋律中品味出哀愁，可身为年轻人的克二只会联想到弹珠游戏房主题曲。"卡特莱亚"就在那家弹珠游戏房的二楼。

早苗坐在满是灰尘的椅子上。

"可是……接不到新的约稿,友竹老师一定会怪到主编身上吧。"

说到"主编"一词的时候,她有些哽咽。

"话说回来,明野先生可是发掘明星漫画家的伯乐啊。"

"没错。"

早苗露出洁白的牙齿。

"友竹先生这样的还是个例。如果缺了那种激励,现在这波漫画潮里的支柱作家恐怕一半都坚持不下来……就连那珂老师也……"

"那珂老师居然也是主编提携的?"

估计资深编辑们对这一事实心里都有数吧,但至少克二是第一次听说。

"是啊,虽然当初那珂老师刚来东京时,先搭上线的是新谷先生,可《常东先生》实现连载和火爆还是多亏了明野先生的支持……老师自己应该最清楚了。"

《常东先生》因其中的热血角色广受欢迎,改编成的电视动画也非常流行。正常来说,成功过一次后,同一作者的作品就会接连得到改编,但那珂对授权很是慎重。虽然因《常东先生》的赞助商这层关系,那珂和中迁建立了联系,但他从没有点头同意过那些紧随其后提交来的策划案。

"明野先生被杀……那珂先生一定很难过吧？"

"当然。"

井垣早苗看起来很痛苦。不知道她是何时听到的消息，现在提起依然泪眼模糊。难道她喜欢明野主编？克二对男女关系一向不敏感，却在看到早苗的表情时想到了这个方面。她看起来简直像个丧夫的年轻妻子一样。

"主编去轻井泽，究竟是想见谁？"

"问题就在这里。"

早苗点头附和。

"正常约人可不会选在那种时间！"

"所以说是那种关系吧？"

明野长期与妻子、孩子分居。或者更确切地说，妻子受不了他这个工作狂，带着女儿回娘家了。

"你是说……他去找女人了？"

"没错。"

"哪有闲工夫干这事儿啊。"

"主编毕竟也是个男人嘛。"

"他之前还说女人只要有一个就够了呢。"

早苗当玩笑似的接了一句。

"他对井垣小姐这样说?"克二不假思索地追问道。

克二以为自己要祸从口出,好在她没有生气。倒不如说,早苗是在寻找开口的契机,进而聊起死者明野的话题。

"算是吧。"

井垣早苗轻轻地点了点头,随后不自然地直视透过窗户的阳光,皱着眉戴上从包里取出的金属框太阳镜,遮住自己的眼神。

"实在……对不起。"

"只是问问,没必要道歉吧。"

"我明白了。"

克二用手指揉了揉汗涔涔的鼻尖。

"不过,别误会了。他们分居后,我才和主编好上的。"

"原来是这样啊。"

"所以我还是处女。"

"啊……"

"什么嘛,你这神色是在怀疑我吗?"

"不、不是的……只是井垣小姐实在太美了。"

"吹捧得太明显了啊,看来你不适合去恭维别人。"

"对不起,我收回刚才的话。"

"没什么大不了的,不用我一说就急着要改。"

早苗笑起来，随后主动讲起自己的故事。

"我和主编也算是半斤八两吧，沉迷于工作，头发也不打理……一点儿没个淑女样子，总是凌晨两三点才拿到稿子，然后跑去和漫画家、朋友们一起边喝着酒，边玩花牌、打麻将。等到天快亮了，就到常去的小吃店里点个茶泡饭，再用水让肿胀的眼睛冷却下来，然后直接去单位……我在青春时期简直不给自己留睡眠时间……当时见到明野主编仿佛把自己的生命都赌在漫画事业上，我便被他身上那耀眼的光芒吸引住了。没骗你。后来我才听说，主编也不是一开始就投身漫画事业的，当时战后他刚上大学，是医学专业的学生……而且和中迁是同期。"

"没想到……"

克二有些吃惊，搞广告的中迁和做漫画的明野，这两个人居然还有这样一段因缘。

"幸亏这两人没去当医生。中迁先生暂且不说，主编那种性格，可是会满不在乎地对癌症患者说你只能再活三个月啊。"

"你说得对。"

克二也笑起来。

"他骂起漫画家来很随便——比如你这水平不如回乡种

萝卜或是刷油漆去。"

"被他骂了后，胆小的漫画家便会止不住地掉下泪珠……他们本来就很内向，离开了漫画便无法表达。"

早苗无精打采地用匙子搅拌着冷掉的咖啡，自言自语道。

"不光画的人这样……读的人也是如此。对于那些没有倾诉对象的年轻人——那些忙于应试，进城打工，日子忙碌却寂寞的人来说——漫画是他们唯一的朋友。"

不知不觉间，早苗停下了搅拌的动作。她看着咖啡那黑色的表面，上面映着自己缩小后的脸。

"我也一样，感觉自己的精神每天都像在被人用烧杯或试管分析似的。走出家门……便会被陌生人的眼睛包围。乘上电车，走在街上……人、人、人……眼、眼、眼……唔，没关系，看我的人也在被我看。要是那些混蛋毫不害臊地把视线投向我的内脏，那我铁定会反击，可是他们没有那样做……擦肩而过的人、从旁超过我的人、并排走的人，他们的眼睛有一双算一对，都是玻璃球。明明照出了我的身影，可他们却根本没看我。意识到这点后，我不寒而栗。我在他们眼中就是个隐形人，他们对我漠不关心。见过一万人乃至十万人后，我发现他们没有区别。对啊，如果他们把我当成隐形人，我就笑着消失好了……"

克二觉得自己好像在哪里听过这话。哎呀，这形象不是《爱丽丝梦游仙境》里的柴郡猫吗？

"在这种情况下，只有一个人关心了我。说是关心，却并非温柔以待，我被他狠狠地教训了一顿。"

"原来关心你的那个人就是主编啊。"

"对，正是主编。"

对他俩来说，主编这词都有着固定所指。

"我就像艘惨遭风暴蹂躏的小船……离开福岛的乡下到东京上大学，再到文英社上班，对我来说只能算是结婚前的一时之计，没想过给他添一辈子麻烦。我完全没想过怪罪主编，可随后就听说了主编同他太太分居的消息……"

早苗突然露出笑容。她的上半张脸被太阳镜挡在后面，克二却似乎能看到她藏起来的少女表情。

"我跟主编吵了一架……当时那场争吵就发生在'蚁巢'，昨天晚上你坐的地方……"

"还有这段故事啊。"

克二有些埋怨地看着早苗。

"那主编调去幻想馆的时候，怎么没把你拉上呢？"

"你是想说，如果主编拉上我一起调动，自己就不会沦落到编辑漫画了吧……"早苗说,"你对漫画有偏见,主编也觉得很棘手。但他同时表示:现在流行的漫画和剧画虽然在描绘日常方面做得不错,可讲故事不能总局限于小小的二居室啊,所以我很期待小绵能发掘出点西洋风幻想题材的作品。"

"他期待是他的事,我只觉着困惑而已。"

克二老实地说。

"他就应该把井垣小姐这样的心腹之人带来幻想馆。"

"主编讨厌公私不分,再说了……"

她吞吞吐吐地说。

"他也不想牵连到我。"

"这是什么意思?难道主编对自己被杀一事早有预感吗?"

"不是不是。"

早苗连忙摆手。

"是担心新杂志的策划泡汤。"

"哦……"

原来如此,是担心成为所谓的三号杂志[①]啊。与单行本

[①] 三号杂志,指创刊后很快休刊的杂志。

的成本量级不同，杂志可是个吞金兽。

芳贺社长应该有路子筹措资金，但创刊后能出多少期还得看销量。

"主编去轻井泽会客，见的或许是与《漫画》相关的人吧？"

"你的意思是他在秘密拉赞助？"

"是的，这样也能解释为什么约的时间不合常理……"

"如果真是这种情况，最好也要见芳贺社长吧。"

"当然，说不定社长就跟他们在一起……啊！"

话一出口，克二才意识到，会客的对象不一定只有一个人……两个人、三个人都有可能。

"还真有可能，说不定就是没谈拢，然后场面失控吵了起来。都是这么大的人了，谈不拢吵起来听着有些奇怪，但毕竟主编是那种强硬的性格，对方还真有可能忍不住发起脾气。可能是我刑侦剧看多了吧，总觉得有可能是芳贺社长筹措资金筹到黑社会头上去了……"

此时早苗已经摘下了太阳镜，她笑着说话的时候，眼角的皱纹沐浴在阳光下，清晰得惊人。

"那怎么可能？社长可是一流的童话作家，就算把自己的房子拍卖掉，也不可能拿黑钱吧。"

"天真,太天真了……黑社会写童话,就和山口百惠会蹲坑一样现实①,两者都没有什么好令人大惊小怪的。"

早苗看了看手表,站起身。

"已经过去一个多小时了,我们回去吧……还是老样子,各付各的。"

两人回到"没精神工坊",却倍感惊讶。

"吾妻老师出门了?"

"你们没听错。"

负责留守的友竹一脸不屑地回答。

"他出门去换换思路,推敲结尾去了。"

"谁管他是推敲还是做羊羹②去了啊,我只想知道他到底跑哪里去了。"

早苗的声音越来越低沉,友竹不禁有些畏缩。

"别紧张呀。我看你这副样子,还真是得了明野先生的真传啊。说到明野啊,刚刚我和吾妻听到新闻报道在播他遇害的事情……"

---

① 山口百惠,出生于1959年的日本女演员。当时有种说法,认为偶像不可以上厕所,这里早苗举这个例子,反驳黑社会不可以写童话的想法。
② 羊羹,一种日式甜点,此处为搭配日文中的谐音文字而被提及。

"别随便转移话题！"

她的声音很有魄力，几乎要震破纸拉门。不过，友竹脸上的笑容并未消散。

"太遗憾了……真想当面跟他抱怨啊。"

早苗用尽全力关上玄关的门，隔绝友竹的傻笑。随后，她转过身，对克二喊道："我们一起去找老师吧。"

"你知道他去哪儿了吗？"

"正因为不知道才要找啊。首先排除'卡特莱亚'，去其他的咖啡店找找看。吾妻老师挑店可是很随性的。"

"可是车站前面有三十家店呢。"

"三十家又怎么了？"

早苗生气劲儿过了，但脸上也不再挂着笑，而是表现得很平淡，一副若无其事的样子。

"一家家找吧，两个人分头找，每人就只用找十五家了。"

"好吧。"

没想到为了拿到自己的稿子，她竟然准备与我合作。绵畑克二愣住了，心想两人也不是一个单位的人啊。就在这时，井垣早苗向他大喝了一声：

"想什么呢，老师正在推敲的稿子是给你的啊！"

"咦？那是给《漫画》的稿子？"

"听友竹的意思，吾妻老师刚得知主编的死讯，便想着尽快画完稿子，以此悼唁……如果他先画《少年周刊》的结局，在我等的时候就该完成了。现在他避而不见，正是不好意思开口调换交稿顺序呢。哈哈，不是很可爱吗？"

"可是这样一搞，井垣小姐你就很为难了呀。"

"没关系，让印刷厂糟心去吧。别担心其他家的杂志了！"

4

克二回到办公室的时候整个人已经累瘫了，而刑警们果然已经在等着他了。莫非提前决定好了谁来当捧哏谁来当逗哏，所以才像相声①的搭档那样，两人一组出勤吗？总之，身材高大的长野县警署上岛警官负责问话，而眼中闪现光芒的浅间警署清水警官一言不发。

---

① 原文为漫才，一种日本的传统喜剧表演形式，一般由两人组合演出，一人负责找碴一人负责装傻，互相讲述笑话。形式类似中国的对口相声。

"要来杯咖啡吗?"

虽然不想拂了上岛警官的好意,但这已经是克二今天进的第八家咖啡店了,他现在想到咖啡豆就反胃。

"不用了。"他摇摇头,干脆地拒绝了。

克二脸皮子薄,又没有找人的经验,在找吾妻的路上,消费了好几家店里的咖啡。他倒是想瞅一眼就跑,可对方说出"欢迎光临"的时机掐算得更好,他也是身不由己。

克二把昨天晚上的情况一五一十地复述了一遍,这才重获自由。好不容易回到编辑部,便有个电话打来找他。

"喂……啊,是你啊!"

克二的声音不禁扬了起来。打来电话的是他的邻居川添笙子。

"今天早上的事情……实在是不好意思啊。"

"哪里哪里,我才真是不好意思。"

"为了点鸡毛蒜皮的小事冲你朋友发火……这点也实在是不好意思。"

"请别……别放在心上。"

克二有些困惑,没想到笙子一再道歉。他注意到副主编正咧着嘴关注着自己,同时感觉到自己脸颊发烫。可脸红并非上司的调侃导致的,他清楚是因为自己对笙子有憧憬。克二工作时间不规律,因此少有机会遇到她。虽一墙之隔,却如隔天堑。也正因如此,两人初次相遇的记忆才得以在克二脑中不断地被美化。

那天克二刚搬过来,遇上个丢三落四的搬家工人,结果有个装满藏书的纸箱被搁在路边,忘记搬进公寓里了。笙子发现后,特意把箱子送到克二的房间。

"我有些好奇箱子里装着什么,就不自觉地看了一眼,正好看到最上面有本我看过的书——卡罗尔的《爱丽丝梦游仙境》。"

她听房东说过,隔壁房间要搬来一位在幻想馆工作的青年,所以确信这是克二落下的东西。

克二自然非常感激她的帮助。

"太感谢了,搬起来很沉吧。要是我之后发现找不到了,肯定会急得团团转,毕竟爱丽丝可是我的恋人。"

"恋人?"

笙子的脸上露出笑容。平时她总像阴凉处开着的寂寥之花,一笑起来却像换了一个人似的,映在克二眼中简直貌若天仙。

"啊,嗯……"

看他这副支支吾吾的样子,分明是对笙子一见钟情了。

"我也喜欢爱丽丝的故事,书上插画也很漂亮……作为恋人,和你很般配呢。"

笙子微笑着离开后,克二愣在那里,连行李都忘了收拾。他是真的把少女爱丽丝当作了自己的恋人。正是《爱丽丝梦游仙境》,让他开始梦想着能做出适合成年人的儿童文学。而且,作为一心学习的"学霸",直到大学毕业他都是标准的优等生,没有异性缘更没有桃花运,只有各种版本的《爱丽丝梦游仙境》插图中的少女爱丽丝才能吸引他。

(要是身边有像爱丽丝这样的女孩,我肯定会娶她的。)

当然,他清楚自己幼稚的憧憬无法实现。爱丽丝只是印刷在纸上的少女,一合上书就会从眼前消失。

和爱丽丝相比,出现在克二面前的笙子才是有血有肉的女性。他内心的天平迅速向笙子倾斜,却无法向她倾诉自己的想法。如果克二专注于研究风俗小说、春宫画之类的,或许还能学到点皮毛,但他一直倾心于儿童文学,这就未免有些强人所难了。他顶天儿也就鼓起勇气约她在公寓附近吃顿简餐,或打个电话到她工作的公司"大牧制纸"。每次见到笙子的笑脸,克二都会试图逼着自己对她表达爱意,可回回都是一败涂地。

笙子就职于一流企业大牧制纸的秘书科,而克二就职的幻想馆只能算是二流以下的企业,而且区区漫画编辑的身份使得他格外自卑,无法下定决心去追求笙子。

笙子能理解克二的这种心情吗?从表面上看,她似乎只是把克二当作有需要时随便陪陪的工具人式的男朋友,偶尔邀请她吃饭是没问题,但克二还是很讨厌只有自己单方面主动。

不过,今天这通电话有所不同。

"一般情况下,我不会因为那种事发火的……实在是心情不好。"

的确,克二看到她的反应时也很意外。

"为表歉意,一起喝点东西吧……我今天不用开车,所以能喝点酒。"

克二吃了一惊。

"啊,是和我,两个人喝吗?"

他问了个蠢问题,不过笙子好像一点也不在意。

"嗯,就去你总想请我去的那家店吧……黄金街的那家……"

"'蚁巢'?"

"没错,就去那家吧?不过,你们需要给上司守灵吗?"

笙子也得知了主编的死讯,或许是听到了新闻吧。

"不用……毕竟是非自然死亡，遗体也还没运回来……今晚只有遗属和公司上层需要去现场。"

"这样啊，那么晚些时候我们在'蚁巢'碰面吧。太好了！"

笙子抢了克二想说的台词——太好了。要是身边没人，克二真想像三月兔那样蹦蹦跳跳。

5

喵噢噢。

克二打开"蚁巢"的门，只见柴郡猫在吧台上张着血盆大口，伸了个懒腰。

"小绵，你可让人家久等了。"老板娘由布子调侃道。

不用她提醒，克二也已经注意到了端坐在吧台最里面的笙子。

"久等了？"

"还好。"

笙子拿起放在邻座的包，给克二腾了个座位。

"忙里添乱了,实在不好意思。"

"没关系。"

店里只有他们两个客人。由布子都没有问的必要,就勤快地调了杯兑水威士忌,放在了克二面前。

"我先干了。"

笙子熟练地举起已经喝了一半多的威士忌的酒杯。

"啊,好的。"

克二含糊应声,急忙摆出干杯的姿势。

"小绵,你嫌热吗?"

由布子偷偷观察了下笙子,调侃道。

"要我把空调打开吗?"

"不用,我还好。"

虽然是六月底,但是外面的空气异常凉爽。

"可你鼻子都冒汗了啊。"

"是、是吗?"

柴郡猫饶有兴趣地看着他用毛巾擦汗。

"这家店位置还好找吗?"

"嗯……这只猫从半开的门里探出个头,所以一下子就找到了。"

这家伙看到美女就跑出来拉客啊。

克二突然想起昨晚在这里发生的事情，于是问老板娘：

"柴郡猫昨晚去哪儿了啊？"

"昨晚？它一直在这里。"

"可是我醒来的时候，没听到它叫啊。"

"啊……你是说那个时候。"

由布子的眼中莫名闪过一丝狼狈。

"一定是跑去二楼睡了吧。"

"奇了怪了，这家伙如此黏人，有客人在的时候就喜欢在吧台附近转悠啊。"

"它有这么黏人吗？"笙子插嘴道。

克二立马转向恋人的方向。

"它可不把客人当客人。柴郡猫，吃你的小菜去。"

克二把鱼放到盘子里后，柴郡猫终于不再闻克二的小碗，而是津津有味地吃起自己的小菜。

"主编这一死，真不得了啊。"

笙子又提起这话题，原本对着水槽的由布子也转过身。

"哎呀，真是世事无常，明明昨晚遇到他的时候还那么精神。"

"啊，原来昨晚他来过这里啊。"

"是啊是啊，可怜的小绵还被他骂了一顿。"

"没想到绵畑先生在那最后的时刻,还和主编在一起呢……"

没想到笙子对明野的事很感兴趣,而克二只要能和她喝酒就很愉快了,所以并没有拒绝这个话题。顺着她的兴趣聊下去,总比尴尬地没话找话要好,所以克二再次复述了自己的经历。

"你跟刑警也是这么说的吗?"笙子确认道。

"没错。"

有点小酒下肚后,两人聊起来也更顺畅。

"结果还是没人知道主编想去轻井泽见谁啊……"

"问题的关键就在这里。"

由布子有模有样地嘟囔了句。她似乎是回想起了过去自己给外国电影里的女警配音时的状态。

"见的那家伙十有八九就是凶手。"

"这点暂时还不清楚。"

笙子同样认真接话,搞得克二像是夹在两个女刑警中间的小偷一样。

"笙子,你喜欢这种故事吗?"他不禁苦笑起来。

"没有啦。"

她辩解道。

"那可是你重要的上司啊。"

上司啊……

倒也没说错，不过和笙子所处的纯粹商业世界相比，出版界的上下级关系有着微妙的不同，更何况明野这个上司实在可恨。

好在死了——难免会让人有这种想法。

不过啊……

克二一饮而尽。冰块滑到鼻子底下，最后一口很难喝干净。

主编刚逝世，《漫画》编辑部的氛围却仍然无比冷酷。原来如此，比起漫画，自己还是更喜欢童话。虽然不至于像经常出入幻想馆的某些儿童文学耆宿那样，把漫画和剧画看作污浊之流，但自己同样把这场热潮看作昙花一现。

明野则不然，他一贯认为当下的热潮是名副其实的。像是漫画和动画，这些影像文化先在年轻人中站稳脚跟，等他们成长为社会的中坚力量后，便能让漫画超越热潮，化身为像文学和戏剧那样的正统文化媒介……

克二突然回想起主编在酩酊大醉之际的愤怒呐喊。

"你们这些傻瓜，怎么就不明白呢？"

他口中的"傻瓜"指的是文英社等出版社的经营者。

"漫画就是给你们捞钱用的?那些家伙就是把跟风的臭小子当提款机,再把赚到的钱投进文化艺术出版中,服务那些中老年知识分子!"

……

见克二沉默不语,笙子为他调了杯威士忌,然后客气地问:"绵畑,没事吧?怎么突然这么沉默。"

听到她这么说,克二又猛地回忆起明野的另一段话。

"不管是漫画家还是编辑,一个个都那么沉默。你们啊,暮气沉沉算个什么样儿!"

明野曾如此叫嚷着,对克二一顿臭骂。

"漫画不是让你端着,而是重在想怎么闹腾就怎么闹腾。漫画很年轻,你也很年轻啊。年轻人就要有个年轻样儿!不然活着和死了有啥区别!"

可他现在却先走一步了。想到这里,克二这才第一次为主编的死感到难过。自己竟然如此迟钝啊!

"绵畑……你是哭了吗?"

听到笙子吃惊的声音,克二连忙挤出笑来,结果脸上扭曲成了哭笑不得的表情。

"我怎么会哭呢。"

他本来准备说"和你在一起自然是快乐的",可还没等自己开口讨好,柴郡猫便发出了迎客声。原来是貘谷朗姆进店了,今天他还带了个同伴,是位精心打扮过的年轻姑娘。

"哎呀……莫非这位是小朗姆的恋人?"

听到由布子的调侃,年轻姑娘抢在朗姆前回答:"没错。"

"真是个好姑娘,小朗姆可真有福气啊。"

老板娘明显是在打趣,但克二看着她的脸,总觉得那句话的语气莫名地有些僵硬。

"算是吧。"

朗姆居然也没给出什么反应。他草草结束了这个话题,然后把抱在手里的纸袋递给克二。

"稿子,给你了啊。"

"咦?"

克二眨了眨眼睛。真是太阳打西边出来了……拖稿惯犯居然爽快地交稿,连催都不用催了?这是刮的什么风?

还没等问出口,克二就突然意识到,朗姆是在用交稿这种方式悼念魔鬼主编。

"谢谢。"

多说无益,克二只好收下这份沉甸甸的手稿。通常情况下,漫画原稿用纸是印刷时的1.2倍大小。他递出的大纸袋里装着三十页的搞笑漫画《朗姆的热恋剧场》,所以"沉甸甸"不仅仅是心理上的，更是物理上的。

"差点忘了，我来介绍下。"

朗姆招呼身旁的女性。

"这位是负责我作品的编辑，《漫画》的绵畑先生，而这位是我的朋友，樱井香奈。"

"哦？"

这位名叫香奈的年轻姑娘目不转睛地盯着克二。她的大眼睛边有一圈青黑色的黑眼圈，就像被打了一拳后留下的瘀青。若是她皮肤白皙，肯定会让人联想到熊猫吧。但不幸的是，她肤色的黑度超过了日本人的平均值。

"原来你就是绵畑先生啊……很辛苦吧。"

"具体是指哪里辛苦呢？"

"无论是跟朗姆还是主编，打起交道来都很麻烦吧。"

"你口中的那个主编已经去世了。"

听到朗姆这强硬的语气，香奈耸了耸她那瘦削的肩。

"他是享身后清福去了，可留下来的编辑要收拾这烂摊子，更辛苦了啊……眼看杂志要创刊却一死了之，实在是太过自私。"

难道香奈和明野两个人之前就认识吗？克二正打算问她，却见中迁和那珂踩着楼梯从夹层走下来。两人在看到朗姆身边的香奈时同时停下了脚步。可克二完全没有注意到这个细节,自顾自地大声打起了招呼。

"那珂先生,原来你也在啊。"

同为漫画家,朗姆性格阴晴不定,那珂却非常成熟稳重。他在成为剧画家以前是做租书生意的,可以算是苦尽甘来吧,好不容易凭借人气火爆的《常东先生》崭露头角,却丝毫没有骄傲自满。他这种不屑于上电视抛头露面,专注创作的态度很得克二的心。

那珂亲切地向克二点了点头。

"我们刚刚在谈生意呢。"

中迁满脸欣喜地向老板娘由布子眨了眨眼。他那张娃娃脸很具有欺骗性,可只要想想他能在雁过拔毛的广告界站稳脚跟,那性格必然是足够老成的。没想到就连这样一个人都变得喜形于色,看来是天大的喜事啊。

"那珂老师这关终于过了……看来能赶上十月播出!"

"哎呀,《小梅》要影视化了?真是太好了。"由布子激动地叫了起来。

果然足够重磅。这时候拿到那珂一兵的原作授权,收视率达两位数可是妥妥的。中迁在放洋社的身价一定也会大幅上涨。

别看《小梅》这标题起得很随意，自从去年开始在《别册少年周刊》连载以来，这个系列作品可是广受好评，热度不亚于过去的《常东先生》。

"我也有在看《小梅》呢。"笙子小声地说，"肯定能大受欢迎。"

"我也这样认为。"

克二漫不经心地应了一声。其实听说那珂同意授权影视化，他有些失望：莫非在那珂的外表下，隐藏着的是和其他漫画家一样的顺应时代潮流赚钱之心？

"那珂老师，能给我签个名吗？"

香奈从串珠小包里抽出条手帕。

"啊，还没介绍，这位是我的那个……"

朗姆一边搔着头，一边帮腔。

"我很早就是老师您的书迷了。"

"这样啊，你们打算之后结婚吗？"

那珂一边熟练地在手帕上画常东先生的形象，一边问道。

"嗯……算是吧……总之要先等我处理完这堆糟心事再说。"

"糟心事具体指什么?"香奈突然问道。

朗姆慌张地看了看那珂和香奈说道："没什么。"

"小朗姆他啊，必须在结婚前和我分干净呢。"由布子笑着说。

香奈认真地看着她。

"原来朗姆还跟老板娘好过啊。不过幸好，年龄优势在我这边。"

她从吧台探出身子，对由布子说：

"老板娘，你就别跟我抢朗姆了，他可是非我不可的。"

说完她就大笑起来。其他人在震惊之余，也无奈地跟着笑起来。

她随即收起笑容，严肃地对朗姆说：

"好了，这样的话麻烦就解决了，我们结婚吧。"

朗姆正要开口，却见柴郡猫突然从吧台椅子上站起来，弓着背发出威胁的吼声。看来有不太讨它喜欢的客人登场了。

这也难怪，进来的是那两个刑警——上岛和清水。

"欢迎光临。"

由布子应该是第一次见他们，还以为是上门的客人。不过克二在白天刚见过他们，所以一下子清醒过来了。

"啊……两位好。"

只见朗姆有些慌乱地打了个招呼，看来他也已经被询问过了。

克二发现笙子的脸在颤抖。她与案件不相干，可能是感受到了刑警身上那种独特的气质吧。

刑警们向克二和朗姆打了个招呼，随即用尽可能明朗的语调喊住香奈。没想到，他们竟然是来找香奈的。

"我们想稍微问下关于你去世的父亲的情况。"

"别把那种家伙称作我的父亲！"

香奈尖锐的声音在狭小的店内回荡，让克二受到了强烈的冲击。

去世的父亲，一定是指明野，也就是说香奈是主编的女儿？

"香奈啊，人总不是十全十美的。"朗姆大声说。

由布子、那珂、中迁都像石像一样沉默不语。大家好像都知道香奈是明野的女儿……

刑警们好像也拿香奈没办法了。

"要问的话，就在这里问吧。我知无不言。"她说。

"那么，你知道有谁憎恶明野吗？"

香奈从来不会用父亲一词称呼他，要么叫明野，要么叫那个男人，总之不愿意和他沾亲带故，所以在称呼上很执拗。

"恨到想杀他的人，首先是我，然后还有妈妈……但是妈妈那时候在医院里，所以有不在场证明。没错，他们分居后不久，妈妈的身体就不行了，都靠我做模特赚钱。樱井算是艺名，也是妈妈原来的姓。不管是在电视上还是在电影里，我都没见过比他更不负责的血亲。他完全是个工作狂，为了能让工作顺利进行，他可以毫不犹豫地牺牲自己的妻子和孩子。他可以一连思考三四天怎样的漫画和剧画能销售火爆的问题，却不愿意匀出哪怕一分一秒想下结婚纪念日送什么礼物……先别急着打断我。"

香奈先发制人，制止正要插嘴的那珂。

"那个人发掘了那珂老师，您想为他辩护也是情有可原，但我也只能当左耳朵进右耳朵出。仔细想想，明野很厉害吧，那么他作为一家之父也可以很厉害吧。既然事实并非如此，只能说明那家伙有意逃避，不想当个好丈夫，也不想当个好父亲。有一次，他酒后吐真言说：'要是你没有出生就好了……'那个男人后悔结婚，后悔生子啊。他说起来轻松，我又如何是好？听他的话，钻回到地洞里去？哎呀，这话听起来有些流氓呢。"

她的笑声又高了个八度。

"你误会明野先生了。"那珂一兵听起来像在强忍痛苦。

香奈报之一笑:"不,我说的才是真相。"

"可是……实际上还是多亏了明野先生,你的恋人才得以崭露头角。"

"要我说,他赶紧放弃漫画好了。"香奈不屑地说。

"朗姆不是很会开车嘛,我看他就改行当司机好了。当初也是车坏掉的时候他来帮我,我才认识他的,谁知道他居然是个画漫画的……真有困难,我的收入也够用,所以朗姆,给我振作起来!"

突然冒出"啊嚏"的声音,原来是柴郡猫打了个喷嚏。它把视线从脸色发白的人们身上挨个儿转过去,然后打了个大大的哈欠。

6

那天晚上,天气异常闷热。从黄金街走到靖国大道的短短几分钟里,克二用手帕擦了好几次汗。

"警察调查得怎么样了呢?"

可能是刚见过真正的刑警吧,笙子显得有些兴奋。

"这个嘛……应该还在拟定嫌疑人名单的阶段吧。"

"刚才那位小姐也在嫌疑人名单里吗?"

香奈没能想起自己有力的不在场证明,当时还是朗姆替她回答的:

"我记得,那天晚上你一直在'马梨花'吧?"

"马梨花"是家知名的会员制餐厅,位于六本木。

"啊,好像是有这么回事,你说想炫耀下新车,害得我一直在店里等你。第二天一大早可还要上班呢,真是令人抓狂。"

"不好意思。"

朗姆苦笑道。

"计划赶不上变化,当时不巧在这里遇上明野先生,他逼着我把文稿给掏出来。"

如果这是真的,那香奈就没有时间往返轻井泽了。只要问下店员就能简单求证,应该不至于撒谎。

刑警们顺着朗姆的话,接着向那珂和由布子发问。

"你们知道被害人原本打算和谁见面吗?"重点果然落在这里。

"不知道。"

由布子、那珂、中迂都摇了摇头。

"克二，你也不知道吗？"时间回到现在，笙子也问了声。

"我也不知道啊。"克二一边招手叫出租车，一边回答。

"在这个季节，还特地约在深夜的轻井泽见面，未免太奇怪了。"

"除非明野先生复活，否则我们哪能轻松得知对方是谁呢。不过如果我们从动机下手，说不定能揪出对方。"

"哎呀，"克二好奇地看着笙子，"你对这事这么上心？"

"因为我喜欢推理小说啊。"她脸红起来。

克二还以为她会不好意思继续说下去，可等两人上了出租车，对话便继续下去了。

"至少那位小姐有动机……其他人呢？"

克二被笙子的热情感染，掰着手指头数了起来。

"有人因为主编，结束了自己身为漫画家的职业生涯。"

他的脑中浮现出友竹建夫的凄惨形象。

"还有呢？"

"主编为了创刊《漫画》来到幻想馆……幻想馆里有些人可能会认为他挡了自己的晋升道路吧。"

"还有其他的吗？"

"对了,首先受到《漫画》影响的是《少年周刊》。那本杂志的……"

如果用主编一词,那就点明了在说新谷,所以克二只好含糊其词。

"杂志的相关者,上至董事下至跑腿的编辑,可都受其影响呢。"

"这样一数,还真是很多呢。"

笙子默默笑起来。这时,出租车恰好到了两人住的公寓前。

"我来付吧。"

她抢着掏出钱包,付了零钱给司机,然后看着出租车离开。

"应该还有其他人有动机吧。"

"还有漏掉的吗?"

"比如像你一样,被魔鬼主编欺负,怒气满满的人……"

这话说得太过突然,他一时不知道该怎么回应。克二茫然地看着笙子。这时,对方愉快地笑了起来。

"开玩笑啦,你一直待在'蚁巢',可以说拥有最完美的不在场证明……只是……"

笙子收起笑容,如同乌云遮月。

"我还是有一点担心,你记得自己是几点回到公寓的吗?"

"啊……我印象中是五点左右吧,记得当时还被你骂了一顿。"

"提这个干什么,讨厌啦!"

笙子再次绽放出笑容。

"我当然记得啦。有需要的话,我会当你的证人的。到时候我就说你喝得烂醉如泥,直到早上才回公寓。"

"实在是麻烦了。"

克二装模作样地低头致歉,却突然失去了平衡,差点摔倒。

"危险!"笙子急忙扶住他。

感受到自己手臂上传来支撑力,克二下意识地抱住了她。

"不行哦。"

她那小声的抗拒,反倒像是在怂恿克二。他痴迷地把自己的嘴唇贴上她的嘴唇。

喵喵。

克二听到猫叫声,像是在抗议他的行为。发出叫声的是笙子养的母猫吗?

第Ⅲ章

爱丽丝的新郎能得救吗？

Alice was beginning
to get very tired of sill
by her sister on the
and of having nothing
do: once or twice she ha
peeped into the book
sister was reading, but
s. in it, and where is
without pictures or con

第Ⅲ章 爱丽丝的新郎能得救吗?

I

若是踩到猫尾巴

猫便会忍痛溜掉

可聪明如柴郡猫

会在被踩前溜掉

看来只有非同寻常的大坏蛋

才能趁其不备

杀掉柴郡猫

检察官　律师　法官

胡子抖起来　毛发奓起来

狠狠挠向

犯人后颈。

白兔仿佛搭着不存在的三味线①伴奏，用一种滑稽的调子念出摊开的羊皮纸上写的内容。皇后坐在正前方高高的主审法官位置上，大声喊道：

"现在开庭！"

国王无精打采地坐在她旁边，显得有些局促不安。皇后宣布开庭的声音一落下，他就赶忙站起来。

"被告，报上名来。"

"绵畑……克二。"

克二的手被爱丽丝牵着，战战兢兢地回答。虽然不算大型法庭，但身后挤满了热情的旁听者，搞得克二额头直冒汗。所有的出入口都被扑克牌士兵拦起来了，法庭上只有自证清白这条路可走。

"谁问你姓什么了？"

皇后不怀好意地咧嘴笑道。

"只报名字啊……那么，只是克二。"

---

①三味线，日本传统弦乐器。

"刚才还说自己叫绵畑克二,现在又变成只野克二①。这家伙在侮辱法庭!"

皇后气势更盛。

"皇后,你这是故意找碴啊。"

爱丽丝按捺不住地向前迈了一步。

"你说什么?"

皇后瞪着眼睛,像是要搞清楚眼前的小姑娘是什么意思。

爱丽丝语气一变。

"啊,令人尊敬的太阳,您是我们不可思议之国的骄傲。"

"哎呀,小姑娘嘴真甜。"

皇后的态度随之切换。

接着,爱丽丝又恢复了原先的调子。

"好奇怪啊。你是皇后,还是太阳,抑或是灰尘呢?"

"这些都是我!"

皇后咆哮起来。

"你都听到了,还在这里装什么!"

---

① 此处存在文字游戏,姓氏"只野"和上文中的"只是"在日语中发音相同。

"既然如此，无论他叫绵畑克二还是只野克二，都无所谓了。怎么称呼都是指这个人。"

皇后听了她的反驳，越发愤怒。

"够了，总之这家伙就是被告。检察官在吗？"

"我在喵罗。"

喵罗从高高的桌子后面站出来。它胡乱套着身法袍。

"很好，下面你来讲下案件情况。"

"别急，先看看我这动作怎么样？"

喵罗跳到桌子上，摆出个时装秀的姿势。

"尽整些花拳绣腿。"

喵罗不顾皇后的责备，简直像走到了舞台的灯光下，下一秒就要跳起舞来。

"我也不满足于总是演个饿着肚子且搞砸事情的轻浮角色喵罗。或者说，我偶尔也想演演这种严肃的知识分子喵。"

"小混蛋，给我差不多得了。"

皇后大喊着，向它砸了个木槌过去。

"你还不清楚为什么自己要套身法袍吗？那是为了让你看起来能有点给人定罪的样子，实际上你有个屁的权威，怎么演都演不出来的！"

"喂喂，饶了我吧喵！"

喵罗按着被砸出的包,慌了手脚。看来它也发现自己要演好这个角色很困难。

"不就是演出威严来,走着瞧吧。下面我们就从头开始把事件的经过搞清楚喵罗。"

喵罗趾高气扬地抖了抖胡子。

II

"众人皆有所耳闻,吾之挚友柴郡猫,总喜欢藏身匿迹。
眨眼间消失不见,每闪现不胜其烦,这特技如其专利。
柴郡猫幽魂不散,死后竟不肯安宁,仍持续爆笑嘲讥。
本寻常新鲜不再,谁想到不可预料,到死还留手惊喜。
身旁猫失踪不觉,找得我不辞劳苦,小屋内总算显迹。
探谜屋勇者不惧,熏天臭不堪嗅闻,密室题措手不及。
哪由得举棋不定,破开门不见人影,这情况何等离奇?
观者奇闻者奇,天花板为何脱离,滞在半空又不着地。
透明物藏板底,这套路何等熟悉,看柴郡猫多么顽皮。
我到底等不及,抓起猫摇得卖力,却迟迟等不来奇迹。

沉着心微战栗,柴郡猫沉眠不起,情绪渐渐低落悲戚。
喵罗声难压抑,额头处确认完毕,重伤下已了无生机。
额上伤不可视,透明血色本为赤,无须费力南无阿弥。
莫非当局者迷?四下环顾无嫌疑,屋内哪有犯人踪迹。
关键为密室谜,原封不动地面泥,门窗紧锁并非儿戏。
观者异闻者异,若犯人就此逃离,违背此间规律奥义。
恰此时见婚礼,新郎官面生无疑,试探得知来自异地。
异乡人施诡计,论嫌疑此子唯一,瞄准其逮捕则案毕。"

喵罗滔滔不绝地说了半天。克二被它唬住,一时间说不出话来。

"这也太不讲道理了。"

爱丽丝反驳道。

"克二的确不是这个国度的原住民,但他很早就迷上了这里。他说自己总有一天要移居这里,到时候想要和坦尼尔老师插画中的我……"

爱丽丝的脸不禁红了,声音也变小了,但她还是挺着胸膛坚定地吐出那个词。

"结婚……所以我坚信,克二不可能是杀害柴郡猫的凶手。"

"安静。闭嘴!给我闭嘴——!"

愤怒的喵罗拼命舞着手,都快要把宽松的法袍给舞落了。

"我要请出一号证人喵罗。"

"好,喊证人过来吧。"

皇后大方地点点头,白兔一点点地展开羊皮纸。

"证人……

争霸……

巴图……

白兔……白兔!①

啊,我在这里。"

白兔终于把自己喊了出来。

"喵罗!睁大你那红眼珠看看清楚,之前你在不可思议之国见过被告人喵?"

"没见过呢。"

白兔很干脆地摇了摇头。

"我喜欢蹦蹦跳跳到处乱转,所以仙境里的每一个角落,从树洞的数量到疯帽匠卖出的帽子数量,我都一清二楚。在

---

① 日文原作此处存在文字游戏,读音从日文的"证人"逐渐变化到"白兔",原文为"しょうにん(証人)"到"しょうさん(勝算)",再到"しろうさん(四郎さん)",最后到"しろうさぎ(白兔)",下文类似。上述情况,以汉语谐音方式翻译。

今天婚礼前,我根本没见过这个男人。"

"可以可以喵。"

喵罗满意地点了点头。

"下面是二号证人。"

"喊吧。"

待皇后声音落下,白兔展开羊皮纸。

"证人……

承认……

承让……

沉塘……

尘土……

本土……

白兔……

哎呀,怎么又变成我了。再来一次。

证人……

阵容……

争取……

圣墟……

社戏……

梳洗……

休息……

不好意思，我们就休息一下吧。"

皇后眨了眨眼睛，问它：

"到底是准备喊谁？"

"同样是兔子，我的远房亲戚三月兔。"

"三月兔。"

皇后的手指掰到第三下时，脸色变得很难看。

"证人是两个字，三月兔是三个字，照这样子怎么喊也喊不到它啊。"

"您可以理解为这是我们的创造者——卡罗尔先生发明的文字游戏……"

"没工夫听你废话！"

皇后照常发起脾气来。

"不怕我命令人砍掉你的脑袋？"

白兔打了个哆嗦，从距离长长的羊皮纸边缘还剩差不多五厘米的位置上找到自己想要的内容，随后得体地把羊皮纸举到眼前，念出了那个名字。

"三月兔！"

Ⅲ

"我来了哈哈,虽然不太想再见面,但好巧不巧我们又见面了。"

三月兔语气不算友善,边说着边站到了证人席上。回想起来,它从一开始就对克二充满敌意。

"由我来提问喵罗。"

"随便问。要是问到我的肉和白兔的肉哪个味道更好,我的回答一定是白兔的肉。"

"别扯这些有的没的喵。"

喵罗威严喝止道。

"你认为,柴郡猫为什么会死喵?"

"先要分清楚,它是自杀、他杀、意外死亡还是过失致死的。"

"先说自杀看看?"

"它那种'挖苦精'怎么可能自杀。"

三月兔信誓旦旦。

"要是连柴郡猫都自杀了,那在座的各位更不可能在这里谈笑风生吧。"

"那先不论他杀的可能性,你认为有可能是意外死亡吗?"

"不太可能。"

这次三月兔的回答明显变得更加谨慎起来。

"掉在那家伙身上的天花板轻得像威化饼干,可除此之外,找不到其他可能的凶器。"

"那可能是过失致死喵?"

"又不是掉落谷底,柴郡猫好好待在小屋里,怎么会是过失致死呢?"

"看来他杀是唯一的可能性了喵罗。"

面对旁听者,它言之凿凿。旁边响起啪啪的掌声,大概是那个笨蛋蜥蜴比尔鼓的掌吧。

"他杀意味着有犯人,有犯人意味着有动机。为何有人想要杀柴郡猫呢?"

说到这里,喵罗检察官又提高了嗓门儿。

"那当然是因为……柴郡猫喜欢爱丽丝啊!"

三月兔也变得兴致勃勃起来。

"但是爱丽丝居然打算和这个外人结婚喵罗。"

"柴郡猫和这个外人起了冲突!"

"然后你就打了柴郡猫一顿喵！"

喵罗指向克二。

"鬼知道啊！"

克二再怎么小心谨慎，此时也坐不住了。

"什么外人啊，你乱用蔑称！这是践踏人权，给我拿出证据来！"

"证据就是……只有你这个外人才能出入密室喵。"

"你们做不到的事情，我也做不到啊！"

"别狡辩了。"

检察官诡异地笑着对皇后说：

"下面我想请出三号证人喵罗。"

"传三号证人吧。"

得到皇后应允，白兔缓缓掏出羊皮纸。看到它这副慢悠悠的样子，皇后急忙补充道：

"要是再敢玩那些多余的文字游戏，我就砍掉你的脑袋。"

白兔见状，比皇后还要慌张。

"三号证人。"它迅速喊道。

轰——

皇宫外传来惊人的巨响，轰隆声如遭八级地震，整个法庭都震动起来。

原本稳坐旁听席的渡渡鸟,脸色骤然变得像火鸡一样,喊道:"地震啦。"

邻座则惊叫道:"是怪兽来啦。"

定睛一看,原来是只狮鹫在叫。

"好机会。"

克二悄声对爱丽丝说。

"好像出了什么乱子,我们趁现在快逃吧。"

可还没等两人动身,皇后就察觉到了声音背后的真相。

"喊三号证人,结果把铁人28号给喊出来了啊,遥控器呢?"

"在……在这里喵罗。"

检察官从三月兔手中夺走方形机械,关掉开关,声音瞬间便消失了。

"别乱动别人的东西喵。"

"哈哈,这道具真有意思。"

刚胡闹完,不知谁又碰到了遥控器开关,导致法庭再次震动起来。

"啊啊啊,你们给我安静下来!铁人28号和法庭都给我安静下来!"

皇后习惯性地想要找寻自己的木槌，可木槌刚才用来砸喵罗了，并不在手边。她只好退而求其次，举起木匠乱丢的锤子，咚咚地敲起桌子。

"三号证人，三号证人在哪里？"

"我在这儿，皇后殿下。"

疯帽匠从尘土中走了出来。

"原来是你啊，茶会怎么样了？"

"如您所见。"

疯帽匠单手托高茶杯。

"原来这里面装的是茶啊，看颜色都深得像可可了。"

"的确，毕竟刚才从天花板上掉了不少灰尘进去。"

疯帽匠毫不在意地把变色的红茶一饮而尽。

"真是芳香四溢啊。"

"这里用'别有一番风味'来形容更合适吧。"

"'四'这个数字可是比'一'更大呢。"

"再这样满口胡言就砍掉你的脑袋！"

"饶、饶了我吧。我就是被解雇①了才去当疯帽匠的。"

疯帽匠似乎很胆小，手里的茶杯都端不住了，嘎嗒嘎嗒

---

① 此处存在日语谐音的文字游戏，日文原作此处为"首を切る"。在日语中，此词句有解雇和斩首两种含义，文中皇后的口头禅则为斩首、砍掉脑袋之义。

地直响。

"请尽管问,我知无不言。"

喵罗点了下头。

"这个被告是来自人类世界的外人,我想知道两边的世界有哪里不同喵。"

"年轻人啊,原来你来自那个世界。"

若是套用"君子豹变"一词,现在展现在克二眼前的便是"帽子豹变"。疯帽匠对克二的态度一下子变得傲慢起来。

"我们可是你们用文字描绘而成的虚构产物啊,这件事再明显不过了,就像不能用黄油润滑怀表一样。"

克二没受邀参加过疯帽匠的茶会,搞不懂用黄油润滑怀表的比喻之义,①但有一说一,他们确实是虚构的角色。

"换句话说,我们生活在纸面上,也就是平坦的二维世界上。"

"啊,原来这里是二维世界!"克二惊呼。

"听懂了喵?你来自三维世界,那里除了长、宽,还有高。二维世界的密室根本拦不住你喵。"

"这、这是什么意思?"

---

① 《爱丽丝梦游仙境》原著中,三月兔用面包刀给疯帽匠的怀表加了黄油,在茶会上疯帽匠发现了怀表的时间不准。

听到克二不解地发问，喵罗哈哈大笑。

"你没读过科幻小说吗？在二维世界里，只要横纵合围，就能形成密室，但你可以使用高喵。只有你能在杀了柴郡猫之后，把另一个维度作为逃生通道！"

这便是喵罗检察官的推理结果。

IV

"这可就怪了。"

爱丽丝也不甘示弱。

"克二可是主动要抛弃人类的世界呢。他说住在那个城市里，每天都像身处传送带般运作不停，连一丝做梦的闲暇时间都没有，所以才想和我结婚。如果说我们身处二维世界，那克二也没什么不同。如果那间小屋在你我眼中是密室，那么对克二来说也是密室！"

"正是如此。"

克二奋力地补充道。

"要是柴郡猫活着，我一定要和它成为朋友，怎么可能想着杀掉它啊。"

"请问证人。"

喵罗大声喊道。

"你和克二同样身为人类,肯定更了解对方吧。那么疯帽匠,你说人类之间存在朋友关系喵?"

"当然不存在啊。"

疯帽匠若无其事地说。

"朋友是那种能掏心窝子、真诚却又不惹人烦的交往对象。总是引人担忧,无法发自内心信任的家伙,可算不上朋友。人类之间的交往,只有落到纸面上才令人安心。即使是魔鬼找上浮士德,也乖乖与他签订了契约吧?很多男人嘴上说着要结婚,却从不把对女人的承诺放在心上。要我说,那些女人就是蠢货,还没等男方在结婚登记表上签字盖章,就对他们投怀送抱,轻信那种不靠谱的口头承诺。

"选举承诺、施政方针、泛滥的广告和宣传,都是那些政客编造出来的赤裸裸的谎言,就算是刚出生的老婆婆①也

---

① 日本俗语,意为完全不可能或不存在的事物。多用于嘲讽对方。类似后文"五次堕胎的处女"等所表达之义。

能理解吧。从遥远的石器时代开始，自称人类的变形虫①就离不开谎言，撒谎如同呼吸般自然。这些爱好虚情假意的原生动物居然在呼朋引伴，真是让人笑掉大牙，或者用我的话说简直是肚脐眼儿里煮红茶②。要我说，爱情比友情更为可笑。你信人类的爱情还不如信五次堕胎的处女能和真诚的花花公子结婚，媒人是妻妾成群的顾家社长和他那经常光顾牛郎俱乐部的贞洁夫人，宾客是出身黑道的背景干净的议员及住在带游泳池的别墅里的贫穷慈善家等。只要你有心理准备，就算观察猪的交媾也能有益精神健康。不过恕我拒绝，因此我在脱离工作后便一并脱离了人类身份，自1865年起就获准移居此地。其实用简单的三段论就可以推导出：因为被告是人类，而我不是被告，所以我不是人类。"

"证言要简洁易懂！"

皇后又用锤子砸起桌子。

"谁说话绕来绕去，我就砍掉谁的脑袋。"

"概括起来喵，被告想和柴郡猫成为朋友是谎言。"

"怎么能这样说！"

---

①变形虫，一种单细胞原生动物，可以根据需要改变体形。此处用作对人类的蔑称。
②日本俗语，表达荒谬可笑之意。

爱丽丝尖叫起来。

"请承认吧，人类也是心存善意的！"

"下面我想请出四号证人。"

喵罗对皇后说道。

"传他过来吧。"

白兔连忙展开羊皮纸，却愣住了。

"这上面的证人只到三号啊。"

"四号是我。"

喵罗掏出一面手镜，与镜子里的自己一唱一和。

"证人发誓所述之言均为事实吗？我发誓。向什么发誓？向鲣鱼干、猫薄荷和腰刀发誓。为什么腰刀会和其他两项并列呢？因为每次周游各地都要带着腰刀吧。啊哈哈，你说话真有意思喵，下面请作证言。"

喵罗冲到证人席，大叫道：

"人类哪来的善意，他们只有恶意！看看我的尾巴喵！"

喵罗的尾巴被烧得惨不忍睹。

"邻居的小鬼用打火机把它点着了！好在他妈妈跑过来作势要训他，这才让我松了口气。我本以为人类内心还是懂得爱护动物的，可下一秒就被那个母亲的言行'打脸'了。她说，别浪费打火机里面的油，这种流浪猫随便拿球棒打两下就翘辫子了——我是只猫，可不是球啊。"

"我想下一个发言。"

喵罗见白兔举手，便全速冲回检察官的座位。

"一号证人，请发言。"

"正如大家所见，我是只白兔，可那些贪婪且虚伪的人类居然把白兔宝宝的身子染成彩色，在地摊上出售，而且美其名曰'用可爱的小兔子陶冶您孩子的情操'！他们接受着这种教育长大成人，又哪能培养出人道主义的关怀精神呢？"

"到我了，到我了。"

三月兔举起手。像是嫌举手不够似的，它同时蹦蹦跳跳，试图吸引其他人的目光。

"二号证人，请发言。"

"我表弟告诉过我，在人类的世界里，月亮上住着兔子。但是混蛋阿波罗登月后，把那些兔子都杀掉了。人类真是太残忍了。"

"不是这样的。"

克二急忙提出异议，但检察官无视了他。

"岂有此理喵。"

皇后看起来也很愤怒。她扬起锤子，狠狠地砸在桌上，无辜的桌子就这样裂成了两半。

"到此为止,检察官总结陈词吧。"

喵罗恭敬地向皇后行礼,随后撩起法袍长袖,声音洪亮地颂出克二之罪。

"一言以蔽

一望到底

一目了然

一致同意

二足俯瞰

二维世界

二话不说

二息遁入其间

三脚两步匿音

三下两下敲击

三言两语不尽

三角恋情成悲剧

四脚朝天柴郡猫

四海之内称兄弟

四面楚歌不期遇

四方之志化为乌有

五里雾中倒不至于

五步之内难成大事

五内俱焚谋多未遂

五车学识竟随其西去

六朝兴亡可叹如梦逝

六合之外圣喵寻不到

六神不安前路空茫然

六道轮回再见柴郡魂

七年不见围炉不歇

七手八脚闹成一团

七言八语热火朝天

七老八十胃口尚佳

八方风雨风云变

八百孤寒互搀扶

八方支援同甘苦

八仙过海各推理

九故十亲柴郡

九州落泪默哀

九泉之下告慰

九死不惜克二

十足重犯

十恶不赦

十万火急

十分枪决!"

检察官总结陈词完毕。克二吓得浑身发抖,搞不懂事情怎么会发展到这个地步。自己竟然要在这个孤立无援的世界被判处死刑了吗?虽然还没到最终审判,但是就算自己再怎么请求宽大处理,这个皇后最多也只会在形式上把枪决改成斩首。

"我……我明明是站在你们这边的。"

克二呻吟道。

"我在出版社做了很多努力,想把过去的活力注入那些丧失希望的人们的梦中。我知道自己的努力很卑微渺小,但我以为至少你们会心怀感激。"

"这就是成年人的借口吗?"

喵罗瞪了克二一眼。

"你们这些成年人只会梦到昨天,而小孩则是会梦到明天。喵罗!如果不是这样,那岂不是只要把成年人的书做成小开本给孩子们看就行了?"

"什么意思?"

"你这混球,其实是站在像爱丽丝那样漂亮可爱的角色一边的吧。白雪公主，韩塞尔和格蕾特①，还有蒂蒂尔和米蒂尔②，你都很喜欢吧。"

"啊？"

克二背后传来刺耳的叫声。原来是爱丽丝愤怒地瞪大了眼睛。

"克二！你之前和那么多女人交往过？"

"怎么可能，那串名字里还有男孩子呢。"

"哎呀，你居然还好那口。"

克二真想抱住自己的脑袋。

"话说回来，你还是会支持自己讨厌的貘谷朗姆吗？"

"咦？"

克二没想到会在这里听到朗姆的名字。

"是人都有喜恶偏好喵罗，但喜好应该建立在熟悉的基础上。可你非但不懂漫画，甚至自大到一点儿都不想着去接触。反对歧视！在我们这里，不论是古典还是现代，不论是铅字还是影像，都是平等的喵。有些梦会长存，有些梦会消失，有些梦会丰盈，有些梦会枯萎。再过五十年、一百年，谁知道会变成什么样子呢……"

---

①《格林童话》中《糖果屋》一篇中的人物角色。
②比利时作家莫里斯·梅特林克创作的童话《青鸟》中的人物角色。

"别再进行演说了！"

皇后歇斯底里地说道。

"像你这种轻浮的角色，再怎么啰唆也只是白费口水。再不住口，我就砍掉你的脑袋。"

"真希望全学联①掀起革命啊。"

喵罗嘀咕了一句，便不再开口。

克二同样沉默不语。说得没错，他一直以来只是把自己的喜好强加给年轻的读者。

啪啪。

皇后的椅子被砸碎了。继桌子被砸成两半后，她物色了一圈，只好挥起锤子对自己的椅子下手。

"所有人听令，下面由我来宣布判决。"

皇后严肃地说。

全场鸦雀无声。

"被告绵畑克二……"

有罪还是无罪？枪决还是斩首？克二紧张得嗓子眼儿里都要冒出烟了，强撑着想表现出从容不迫的样子。他向爱丽丝挤出一丝微笑，结果下一秒钟就仰面倒了下去。

---

① 全学联，指1948年成立的"全日本学生自治会总联合"，是领导二战后初期日本学生运动的重要学生组织。

爱丽丝本想要无视他,可还是被这一出吓了一跳。

"克二,坚持住!"

皇后的声音停了下来,旁听者全体起立。克二的意识渐渐模糊,在这千钧一发之际,只听到侦探伴俊作的声音清晰地传了过来。

"等一下,我知道犯人是谁了!"

第 3 章

大型宴会的宗旨

1

一踏进会场,克二就感觉视野的周边喷发出烟火,像是在看万花筒。只不过这万花筒是黑白的,光线乱舞的同时几乎没有色彩呈现,视野的中心则一直保持黑暗。

"好奇怪啊。"

克二闭上眼晃了晃脑袋,再次睁开眼后已经恢复了正常,眼前扩展出的五光十色尽是喧嚣。

新宿大饭店高达四十七层,而这里应该是其中最大的宴会厅。宴会厅里挂着数量不少的枝形吊灯,看起来如同《第三类接触》①中的UFO。克二不习惯这种场合，看到这样的吊灯只会在心中暗想，万一发生地震要避开其下方的位置啊。

特别设置的舞台上方庄重地挂着"《少年周刊》创刊20周年纪念"的横幅，正对面墙壁上则并排贴着放大后的《少年周刊》封面。

为了庆祝这本月销量近一千二百万册的超大型杂志发行二十周年，文英社必然是铆足了劲儿。知名艺人接连登上舞台，散发出迷人的光彩。即使克二这样的演艺圈外之人，也能认出他们经常在电视上露面。随便从中拉个人出去进行单人表演，特等席票价都要超过五千日元。可放在这个宴会厅里，大部分客人却看都不看舞台，只顾着边吃吃喝喝边和旁人聊天。

人来人往，简直要把克二绕晕了。穿着昂贵和服的侍者递给他酒后，他小心翼翼地端着酒杯左右徘徊。

他看到手冢治虫和石森章太郎，想上前打个招呼，但两人都忙着在色纸上签字绘画。另一边，永井豪正和平井和正、丰田有恒等科幻作家谈笑风生。无所事事的克二拨开人群，想去找他们的时候，却意外听到身边传来那珂的声音。

---

① 《第三类接触》，史蒂文·斯皮尔伯格导演的经典科幻电影。

"嘿!"

他回头一看,那珂正和新谷,还有一个自己不认识的中年绅士站在一起聊天。见克二看过来,那珂自然地给他介绍了一番。

"这位是文英社第二编辑部的部长苫田先生。"

"也是我的直属上司,真是令人自惭形秽。"新谷笑着说。

苫田有着完美的绅士形象,可以说是时髦一词的具象化。就算是平日里不关心衣着打扮的克二,也被他这种时装模特般的逼人气质所吸引。他的脸上挂着从容不迫的笑容,仿佛即使会场遭到核导弹的攻击,他也不至于失去微笑。

他直视着克二,以那深沉的男中音说道:

"啊,原来您在明野先生的手下负责《漫画》的编辑工作啊。"

克二紧张得像在参加入职面试,一边在意着皱巴巴的领带,一边对自己的表现生着闷气:

"是的,主编对我非常严厉。"

"他可是个老顽固啊。虽然经常被人误解,但他的水平是实打实的。"

话肯定是褒义的,但听起来总感觉有些未尽之义。大概是克二的注视太过明显，对方露出了夸张的沉痛表情。

"总之，实在是太可惜了。他的逝世是日本漫画界的损失。"

难道这就是大领导的调调吗？

这时，苫田看到克二身后来人，立刻举起右手打招呼。动作虽然有些夸张，但在此情此景下恰如其分，显得十分老练。

"哎呀，老师好！平时承蒙您关照了。"

克二回头一看，原来是位著名的文艺评论家。只见他用皱巴巴的手缓缓举起酒杯。

"多谢款待。"

"您请便。"

苫田脸上原本写满了衷心哀悼明野的沉郁表情，但在打招呼的瞬间便转换成了圆滑和善的商人模式。

"别客气啊……要不要再来一杯？喂！"

就在不远处，有个服务员端着摆满酒杯的银色托盘，正要从几人旁边经过。评论家制止了他，没让他喊来在人群中穿梭着的高个子服务员。

"我没客气，真的够了……《少年周刊》应该会越来越成功呢。"

"老师这说的什么话，我们公司的招牌当然是文艺评论啊，相比之下其他都是小打小闹。"苫田的声音在克二身后响起。

克二突然便失去了对他的信任。克二想到正如明野曾感叹的那样，如果有生意放任不管也能赚钱，就会尽可能地在那方面偷懒。同时会专注于为那些少数精英读者做些亏本工作，用于提升企业的形象。

"卖得好当然更好啊。不过，现实情况是很多读者连看到'砰砰'这样的拟声词都嫌烦，更别提阅读文艺评论了，生意真是不好做啊。"

"这点真是伤脑筋啊。拜电视和电影所赐，这些年轻人远离铅字已是大势所趋，《周刊》充其量算道防波堤。"

克二心想，明野可没有这么说过。

"曾经有漫画评论家指出，剧画中充斥着'轰''砰砰''哇呀'等拟声词，而对读者来说，拟声词就是音效。他认为马蹄声在骑马的场景中很吵，就像枪声在射击的场景中那样多余。我倒是很高兴看到日语的拟声词越来越丰富。我记得齐藤隆夫[①]会用'噌唰'[②]来形容刀剑之气，这样'噌'中

[①] 齐藤隆夫(1963—2021)，日本著名漫画家，是确立剧画概念的人士之一。
[②] 此处原文为"ンザッ"，其首个音节为n。

便凝聚起无声的气势和出鞘时的杀气,令人击掌称快。"

当时担心过分袒护反害其人,但是现在回想起来,这种趋势正暗示了年轻一代音感的敏锐。在那些不喜欢新兴拟声词的评论家耳中,所有的枪声恐怕都是一声"砰"吧。

"绵畑先生。"

突然,有人啪地拍了下克二的肩膀。

"啊,井垣女士。"

"怎么样,在《漫画》工作还顺利吧?"

"一切顺利,多谢关心。"

井垣早苗酒量很好,很少见她像现在这样顶着通红的眼圈,看来今天喝得相当快啊。

"那就好,不过要小心。"

"小心什么?"

刚反问完,克二便想到了。

"啊,对待警察的问话要小心吗?"

"不是啦,我想说我们有个很能干的大领导……"

"你是指苫田先生?"

"没错,苫田锭司,你认识他?"

"刚认识,新谷先生介绍给我的。"

"他之所以能在文英社掌握话语权,都是因为《少年周刊》销量稳定。"

"不过,他好像不太喜欢漫画啊。"

"你管他呢,做生意就是赚钱的。"

"啊,听起来也有道理。"

"当然,就算是甜食爱好者也会为了赚钱开酒吧的……现在《漫画》可是要挤占《少年周刊》重要的市场了啊。"

"原来如此。"

"他那么能干,应该会采取一些措施。"

"比如说,什么措施?"

"用金钱'捆绑'住出色的漫画家,或者截断纸张供应链,让幻想馆'难为无米之炊'。"

"这样啊……"

"形势危急啊。与一般周刊杂志相比,漫画周刊的发行量和页数可是多得惊人。第一次石油危机[①]期间,就有漫画杂志因为纸张紧缺无法增印,迫使销量受限。"

提到纸,克二便想到了笙子。她在大牧制纸上班,那应该是纸业界最大的公司了吧……

"有妨碍的迹象吗?"克二问道。

[①] 第一次石油危机,指1973年10月16日,因第四次中东战争,石油输出国组织对以色列及其支持国宣布石油禁运,造成世界石油价格上涨的经济危机。

早苗苦笑起来，眼角的皱纹随之加深。眼见她一天天变老，实在是令人心痛。

"我姑且还是文英社的人，而且是《少年周刊》的编辑，就算有风声也不便透露啊。"

"不便透露啊。"

"就是这么回事。不过话虽如此……"

早苗把脸凑近克二，酒精味扑面而来，中间夹杂着女人的气息，令他忍不住退缩。

"就我个人来看，苫田先生目前只是静观其变。"

"太好了。"

"万不可掉以轻心啊。"

早苗抽身远离，使得克二心中又隐隐生出遗憾。

"要我说，他可能正无声无息地潜伏在我看不到的地方呢①……哎呀，你们看上去真般配啊，令我好生羡慕。"

早苗转身向中迁和由布子，还有朗姆和香奈两组人打招呼。由布子身穿华丽的深红色礼服，彰显演艺圈的气质，比起在"蚁巢"的日常搭配更显女人味。相比之下，香奈虽然穿着休闲的牛仔裤，但很配她年轻干练的形象，看起来也算

---

① 此处早苗的话化用自1958年的美国电影《太平洋潜艇战》(*Run Silent Run Deep*)，暗指苫田很有可能暗中潜伏，等待时机一击制胜。

得体。

"没办法,我就用这个人来凑合下吧。"

早苗果断搭上克二的手臂。

这时候,川添笙子白皙的侧脸恰好掠过克二的视野边缘。

2

克二吓了一跳。

(笙子小姐?)

她怎么会来参加这个宴会?不过,克二转念想到造纸公司和文英社之间的联系,便说服了自己。

克二条件反射般地想尾随她,可宴会上客人太多,一眨眼便看不到她那苗条的身影了。遭遇这个插曲后,早苗的手被克二不经意间甩开了。

"啊,好痛,没想到连你也不要我。"早苗看上去万分沮丧。

"啊,对不起,我没注意。"

"没关系,反正我们是竞争对手……总有一天我们会正面交锋的。"

"小井垣很硬气呢。"朗姆插嘴道。

"是啊!井垣可比栗子壳还硬呢!"[1]

"对了,我向你介绍过井垣吗?"

朗姆将手搭在香奈的肩膀上。她自然不会因此而害羞低头,只是轻晃着染成红色的头发。

"嗯,前两天我们刚在你公寓见过。"

"啊,还有这回事?"

"就是明野被杀的前一天。"

她轻描淡写地说道。

"你不是一直嚷嚷着露营车的事吗?所以我才约你第二天晚上在'马梨花'见面的。"

女人在这些细节上的记性总要比男人强。

"结果我到现在都还没看到你的车呢。"

"不好意思。"

朗姆挠挠头。

"小浊的爱车引擎状态不太行,现在送到了修理厂。"

---

[1] 日文原作此处为文字游戏,井垣(イガキ)的昵称和栗子的壳(イガ)发音相似。

早苗帮腔道。

"这样啊。"

香奈见朗姆像是松了口气似的点头,不耐烦地摆摆手。

"幸好我也没抱太大期待。"

她年纪轻轻,动作却无比慵懒,令克二品出了一番中年妇女般的韵味。

(真是鬼迷心窍了。)

他赶紧摇了摇头。

最近忙于工作,没去泡泡浴店或粉色风俗店[①],导致无论看到早苗还是香奈,都容易起欲望。说不定瞥到的笙子,也是欲望带来的幻影……

"没酒了啊。"和服美女面带职业性笑容,凑近香奈,"我来帮你拿吧。"

"哎呀,没关系,朗姆很愿意帮这个忙吧?给,空杯子。"

漫画家接过杯子,耸了耸肩。

"我也没酒了啊。"

"所以才喊你一起嘛。"

---

① 两者皆为日本提供色情服务的商店。

香奈迅速端起恋人的杯子，和朗姆并肩离开。克二自觉冷落了可怜的女服务员，于是找她要了杯酒。

"明野先生……早就知道了吗？"他突然想起问早苗。

"知道什么？"

"大小姐和貘谷老师之间的感情。"

早苗脸上闪过一丝阴影。她停顿了一下，苦涩地回答：

"是啊。"

"这事情有段时间了吧……"

"他去世一周前左右的某个晚上，打电话到我家，生气地说什么'那种懒惰的漫画家哪里好了'，但其实他内心可高兴了。讲到大小姐的事情时他也是一样生气，说'这小鬼居然开窍了'，其实他一直在关注着，担心得不得了。所以说……"

"打扰你们聊天了。"

那珂忽然冒了出来。

"你们看，那边那位是芳贺社长吧？"

他指着中间桌子的方向问克二。那边有个反射着吊灯光线的熊猫冰雕，体形和人差不多大，那人就站在冰雕前面和苫田谈笑着。细长的脸上薄唇细眼，这如同细线勾勒出的瘦削男子正是芳贺聪。

"啊，是他。"

"能帮忙介绍下吗？感谢感谢。"

他的语气与巨匠身份不搭，显得有些拘谨。

"请便，请便。"

毕竟是那珂一兵开口拜托的事情，克二干脆地带着他上前去。

"社长，这位是那珂老师。"

事后回想起来，那珂想问候的可能不是幻想馆社长，而是《漫画》的新主编。如果只是单纯想找人介绍一下，他大可以去找一旁文英社《少年周刊》的主管领导。

芳贺对漫画知之甚少，但好歹还是听说过那珂的名字的，话题瞬间转到其热门作品《常东先生》上。身为普通的白领，能像这样和芳贺、苫田一起闲聊，克二心情非常愉快。

"你还真是被明野先生洗脑了啊。"芳贺笑着说。

他的五官偏小，所以笑起来的时候金牙格外显眼。

"怎么说？"

"在我印象里，你可是完全不懂漫画的啊。"

"嗯……确实是。"

克二挠挠头。洗脑吗……的确如此。明野从早到晚，有时甚至到了半夜,还在不停地议论漫画,实在是令人无法忍受。可现在他死了,反而令人怀念起他那讨喜的样子。

克二杯中的冰块发出清脆的声响。说起来,明野顽固地拒绝兑水威士忌,只点加冰威士忌。

"好酒掺水,未免太糟蹋酒了。喝兑水威士忌是战后驻日军队带来的恶习之一。"

这是他在"蚁巢"时的口头禅……

克二找服务生,换了个老式玻璃杯。如果主编还活着,一定会抓着这个杯子口沫横飞吧。为缅怀明野,克二一咬牙把整杯威士忌都灌进了喉咙里。

3

"嘿,你是《漫画》的编辑吧?"

友竹亲昵地凑近。他的酒量似乎不太好,明明已经醉到站不稳了,脸色却依旧苍白。不过,克二并没有无视这个醉汉,毕竟他自己也有些醉意了。

"刚才你是在和苫田聊天?"

"是的。"

"别跟那种傻瓜聊了。"

他的声音大得吓人,连旁边的女服务员都转头看他。

"那种装绅士的家伙懂漫画?你能信?"

"你说得对。"

感觉只要反驳就会被他缠上。

"身世不错,毕业于一流大学,算是精英阶层,这种人很受女性欢迎,简直是身处金字塔尖。他们不需要漫画!漫画也不需要他们!漂亮妹妹,给我来杯酒。"他抢走女服务员手上的酒杯。

女服务员露出明显不悦的表情,转身不搭理他。如果是在文英社的协议俱乐部,可能服务员还会给他点好脸色吧,不过友竹一看就不像会成为这里常客的样子,服务员自然不乐意讨好他。

"漫画啊,就是那些到处碰壁,一头扎进人生死胡同里,除了挂着红灯笼的店①,没别的地方可以倾诉的家伙们的娱……娱……什么乐来着?无所谓了,你说对吧!被女人甩了,还没钱去泡泡浴店,只好回宿舍待着,结果大甩卖时买

---

① 一般指小酒馆。

的电视机坏了。这种时候就该剧画派上场了。看看剧画里的裸女图,流着泪自我安慰……在银座用公费吃喝玩乐的蛀虫们,哪懂得世间的孤寂啊!"

克二连拖带请,终于把咆哮的友竹拉出了宴会厅。来到空旷的环境中,友竹就整个儿瘫进随意摆放的扶手椅里,继续浑身散发酒味。克二忙前忙后照顾他,完全没注意到两人前脚出来,后脚就有几个男人走出了宴会厅。

"你说说看,谁知道苫田是那种拈花惹草的男人呢?你清楚吗?"

"清楚啥啊?"

"哈哈,我可是知道的。"

友竹坏笑着说。

"清楚苫田的女人是谁啊……他是在西新宿一家有名的情人旅馆采访时,跟她搞上的。我现在和那里的服务员称兄道弟,经常借助这层便利关系偷窥。"

"偷窥?"

"你这家伙,别装傻了。"

友竹用手肘捅了下克二,严肃地低声道。

"后来我果然看到苫田搞女人,他还是那副冷淡的模样,动作却相当激烈啊。我都怕床被他给搞塌了。他穿着衣服的时候,看起来还像个常打高尔夫的人,可等他脱光衣服,那小肚子和松弛的皮肤就都露出来了,尽显中年人的丑态。但他的精力没话说,最后把那个年轻的'小辣椒'搞得尖叫连连……说起来那人也在场呢。"

"咦?"

克二没反应过来什么意思。

"那个女人也在这里。"

友竹不耐烦地提高了声音。

"她刚才还跟苫田搭档,摆出格斗剧画中的姿势来着。那步伐风情万种,太令人吃惊了。"

"是哪家杂志社的编辑吗?"

"这我就不清楚了。"

友竹歪着头说。

"那么漂亮的编辑,我该有所耳闻才对啊。"

"那就是临时帮工的女服务员吧。"

"那她穿得可太不像服务员了。"

"打扰了。"

突然被搭话,克二吓得跳了起来。回头一看,原来是熟悉的刑警二人组——身材高大的上岛和相貌平平的清水。

"你们好啊。"

友竹摇摇晃晃地举起手来打招呼,看来他也被刑警们"拜访"过。

"友竹先生,关于你刚才提到的那个女人……"

"你们居然偷听?真是低劣啊。"

"要论低劣,还是不及在情人旅馆偷窥啊。"

听到上岛的回应,友竹微笑起来。

"你愿意和我们一起把她找出来吗?"

"我倒是无所谓……可距离我看到她已经有阵子了,那人很有可能已经回去了。"

"那我们必须抓紧时间了,请吧。"

表面上是请求,实际上话语中却带着不容分说的意味。友竹就像步入法庭的嫌疑人一样,被两名刑警夹在中间,带着往回走。克二也跟着他们回到了会场,发现正赶上苫田董事代表文英社向大家表示感谢。

大概寒暄意味着快要散场了,没多少人在认真听他讲话。早苗和香奈都不见了踪影。

克二找到孤零零站着的中迁,小声问他:"夫人呢?"

"她先回去了。"对方回答。

"要回去张罗'蚁巢'啊。等会儿有时间可以去坐坐。"

等苫田寒暄完,客人们果然陆续离开了宴会厅。刑警们一直留到了最后,却终究没能找到苫田的"女人"。

4

"之后搜查进展怎么样了?"

克二迈开步子,和刑警们并肩而行,共同远离了酒店门前令人烦躁的人潮。比起电视剧里一言不合就掏枪的刑警,现实中的警察更为沉稳,有种莫名的深藏不露。一般来说,克二不会主动跟他们打招呼,可谁让他今晚喝多了呢。

克二看向路边,路灯下有几朵晚开的绣球花。

"毕竟我的上司是被害人,难免有些好奇,如果不方便说就算了……"

两位刑警似乎用眼神沟通了一下,然后决定由上岛开口。

"没关系,像是你们公司内部的情况,今后还得请你协助。"

"原来还没圈定嫌疑人啊?"

"嗯,没错。"

上岛坦率地承认了。

"事发地点限定了这不会是流浪汉作案,明眼人都知道凶手肯定是怨恨明野先生的人。不过,我们到现在都还没找到第一现场。"

"您说的第一现场……啊,是指主编被杀的时候所在的地方吗?"

"发现尸体的房间没有任何打斗痕迹或者血迹。另一方面,被害人明确告诉过你们,他准备在轻井泽的别墅会客。"

"那我们就可以据此假想当时最有可能发生的情况,主编在别墅附近接到客人,两人却起了争执,最后主编被那人杀害……凶手为了争取些时间,把尸体搬到别墅里面去了。"

"恰恰奇怪的是,我们无法还原被害人当晚的行动轨迹。"

"这是什么意思?"

"你们在'蚁巢'分开的时候是晚上8点左右,所以明野先生应该会乘坐晚上8点53分从上野发车的'越前号'。如果错过了这趟快车,就只能坐最后一班晚上11点58分发车的'妙高9号'了。'越前号'到轻井泽的时间是晚上11点19分,可检票的站务员并不记得有像是明野先生的乘客。"

"说到轻井泽，信越本线①上下车的乘客这么多，站务员对某个乘客没印象也可以理解吧?"

"可是六月还是旅游淡季啊，那趟车在轻井泽站下的也只有十六名乘客。再说了，背包客一般会选择更早的车次抵达轻井泽。还有一件奇怪的事。只有打车才能比较方便地从轻井泽站到别墅区，可当晚在车站接客的出租车司机，都称自己没有载过像是明野先生的客人。"

"可能是主编约好见面的那个人开了车吧?"

克二考虑着说道。

"在淡季的深夜，跟人约在轻井泽见面，听起来很神秘啊。比起主编，可能对方更需要这种神秘感。不对……对方肯定是打一开始就准备为了保守秘密而杀害主编……所以他才会计划好，避开事后会被调查的轻井泽站，而选择约在其他车站……"

"我们也是这么想的。"

上岛慢慢地说道。

"凶手用车接明野的时候杀害了他，然后把尸体抛弃在别墅里。下面的关键问题就是死亡时间。"

---

①信越本线的铁道线路原本由高崎站直通至新潟站，后因长野新干线及北陆新干线的通车有所调整，如今两站间乘坐新干线只需要一小时。

"对啊,该考虑死亡时间了!"

"很可惜,那栋别墅开着暖气,发现尸体的时候室内温度极高。供暖的大型嵌入式煤油炉同时保障着客厅和餐厅,而尸体倒在出风口处,无法判断暖气开了多久,导致死亡时间很难确定,可能的时间范围很广。"

根据尸检结果,他的死亡时间在前一天晚上10点到凌晨1点之间。

"再对照'越前号'的运营时刻表,我们找到了晚上11时2分横川站、11时52分小诸站这两站。经过调查,却发现只有三名乘客从横川站下车,而且三个人都是熟客。"

"小诸站呢?"

"很遗憾,当天晚上小诸站异常繁忙,站务员们都没有相应的印象。"

清水刑警解释道:

"那天,新干线因事故大幅延误。小诸站前的商店联合会之前组织成员在九州旅行,刚好赶着这趟车返程。乘客们都在埋怨国营铁路公司处置不当,闹得不可开交,根本无法确认被害人的情况。"

"可是从其他条件来看,被害人很有可能就是和凶手在小诸站碰面的。"

"索性在东京碰面,然后一路开着车过去吧?"

刚听他说完,克二就想起了主编曾说过的话。

"不对,主编离开前跟我们说的是'从上野乘火车'。"

"这个嘛……也可以认为对方是心里有鬼,才会突然选择在中途把明野先生接走,这样就没有必要一直坐到轻井泽了。"

"原来如此。"

"约在轻井泽,除了考虑到保守秘密,还有可能是为了出行方便。换句话说,两人中有一方的所在地靠近轻井泽。已知明野先生当时在东京都,那么对方应该就在轻井泽或小诸附近了。有两个人符合这个条件。"

克二突然感到心脏皱缩。其中一人说不定就是……

"你们芳贺社长算一个。"清水说。

果然提到了他!芳贺的生母因脚骨折,住进了家乡小诸的市立医院,所以芳贺每周都会跑趟小诸。明野被杀的那天晚上,芳贺正宿在小诸……

"犯人怎么可能是社长!"

克二僵硬地笑了。

"为什么要杀害从文英社挖来的著名主编?这不是打自己的脸吗?"

"表面看是这样,但据说被害人性格刚强,过去也经常和上司起冲突,这就完全有可能了。"

"社长没有不在场证明吗?"

"没有。"

上岛刑警断言道。

"他投宿在车站前的商务旅馆里。和一般旅馆不同,那里的房间钥匙直到退房前都在住客手上。[①]当然,白天工作人员会进出房间进行清扫整理,可深夜就没人能证明他一直在房间里了。"

"……"

"不过,有一点对芳贺先生有利,他还没有考出驾照。关于这一点,另一位苫田先生也是一样。"

"苫田董事啊。"

克二停下了脚步。走在后面的情侣差点撞上他,反应过来后便不耐烦地咂嘴,超过了克二。

"苫田先生那天也在附近吗?"

"他住在小诸的东南郊,名为千曲村的度假公寓里。包括那天晚上在内,苫田先生一连在那个房间里住了三天……

[①]使用传统钥匙的日本旅馆,大多要求住客在出门前寄存钥匙,以防止房间钥匙被私下复制。

听说当时的销售员是他的熟人,所以房子一建完他就把钥匙拿到手了。"

"不在场证明呢?"

"……"

上岛刑警默默地摇了摇头。

"可如果是公寓,应该有管理员啊。"

"晚上11点以后,正面的门会上锁,而住户们手上都有钥匙,可以从侧门进出。"

"这也导致搜查受阻。"

清水不高兴地说。

"邻组[①]啦,大杂院啦,战前人与人之间关系很密切……如今可好,公寓、高级公寓、住宅区……不仅是城市,连乡下也冒出了一堆洋名儿住宅,隔断了邻里关系。"

"除非瓦斯爆炸,否则都看不到邻居。"

克二说完胡话,便突然想起了笙子:对啊,我还是认识邻居的。

"苫田先生也同样没有驾照。我们调查了小诸近郊的出租车司机,没人载过像是芳贺先生或苫田先生的人。"

---

① 二战期间,日本政府为了便于管控民众而建立的一种地区基层组织。

"苫田先生是独自住在外面的吗?"

"好像是这样。听说他带着文件,告诉家里其他人自己有工作。"

上岛笑着说。

"当然,房间可以住两个人,配备的床也是双人床。"

"这样一来,友竹先生提供的情报就显得尤为重要了啊。"

如果苫田的"女人"有车,那么当天晚上就不难往返犯罪现场和千曲村之间了。

"那个女人到底是谁?"

"我们复印了参会者的签到表,只要花上个一两天怎么也能查出来吧。"

上岛显得非常自信。

"大部分人都认识友竹先生,可以排除。剩下的还有……"

过去与剧画家友竹没有交往的新人编辑、销售人员,还有印刷、制版、造纸等相关企业的人员……

(造纸公司……)

克二突然被吓得抖起脸来。

笙子就是其中一员!

与此同时，有道锐利的光在克二的视野边缘闪烁着。之前刚进宴会厅的时候，他也曾见过这样的光。

"绵畑先生，你怎么了？"

刑警回头看了看呆立在那里的克二，疑惑地问道。他的声音像拉了变焦镜头那样逐渐远去……

此时克二还不知道，这种光被称作闪辉性暗点，是精神分裂症的前兆表现。

第 IV 章

为何那个人会是犯人？

Alice was beginning
to get very tired of sitt
by her sister on the
and of having nothing
do: once or twice she ho
peeped into the book
sister was reading, but
s. in it, and where is
without pictures or con

I

"我知道谁是真正的犯人了。"

胡子老爹语气平淡,却瞬间让法庭陷入了混乱。

"喵罗!真正的犯人明明就是那边那个来自三维世界的家伙。"

喵罗气得胡子发抖。

"还是先听听名侦探怎么说吧。"

爱丽丝正在照顾刚刚苏醒过来还有些恍惚的克二,听到这话也不甘示弱地喊道。

三月兔蹦蹦跳跳:

"黑头巾破解密室,鸡蛋烧逮捕犯人,胡子老爹平地惊雷,一切真相无处可藏。"

疯帽匠也照常止不住地胡言乱语:

"如果有两个犯人,就需要两个绞刑架,右边的绞刑架要安排个刽子手,左边的绞刑架也要安排个刽子手,左右相加就需要两个刽子手来执行死刑。"

最后,皇后咆哮起来:

"啊,这些混账!绞刑也太便宜他们了,干脆挨个儿砍掉他们的脑袋!"

克二有些不合时宜地想到,难道不可思议之国没有工会吗?就在这时,法庭突然陷入沉寂。

胡子老爹侦探这才不慌不忙地开始说明事件的真相。

"首先,我们来解决密室谜题。喵罗检察官认为,只有生活在三维世界里的绵畑先生才有可能破解密室,因此应该将其逮捕。但我认为,这里存在着逻辑上的错误。"

"胡子老爹,加油!"

爱丽丝大声喊道。她表现得像个登上了舞台,却发现没配麦克风的音乐家。

"失去梦想后,绵畑先生对自己所处的环境感到绝望,这才决定逃到不可思议之国。你是认为跟我们相比,夹着尾巴逃跑的人能力反倒更强吗？还是说，你认为他融入这里之后，获得了超出不可思议之国常理的能力？那才真是不可思议呢。检察官，先别急着抢话。"

胡子老爹轻轻地举起手，想要挡下喵罗的话。

"我有异议。"

正当喵罗翘起尾巴准备抢过话头时，胡子老爹突然挽起袖子，"噢，噢噢"地威胁起来。

"别小瞧我啊。你把我伴俊作当成什么了！恕我直言，我家祖孙三代可都是刚出生时就用江户的自来水洗澡的正统江户人啊。[①]话要听到最后，这才是礼节啊！"

这下子喵罗威风不起来了。

胡子老爹刚刚的音量像是百万吨级核弹的爆发。见到喵罗被吓得不敢说话，他的声音陡然变得柔和起来，就好像从核弹变成了仙女棒烟花。

"如果被告人绵畑真的具备密室杀人，不对，密室杀猫的能力，那么在被皇后殿下的军队追捕时，他就可以轻易逃脱吧？你们想，按照喵罗检察官的说法，绵畑先生可以通过三维跳跃躲进我们无法感知的区域。但是实际上他并没有逃

[①]1629年，江户人便用上了自来水，因此现代化的城市水道建设是江户当地人的骄傲。

避,而是自觉地站在这里。也就是说……"

胡子老爹对着主审法官的方向大声喊道。

"要逮捕具有三维世界超能力的被告人绵畑,根本是无稽之谈,因为我们不可能逮捕到具有超能力的被告人。既然被告人没有超能力,那就不应该逮捕他!"

"喵……喵来如此。"

说它是墙头草好呢还是坦率好呢,喵罗用招牌喵语饱含真情地恭维起胡子老爹,实在是令人佩服。

"这么说来喵,伴侦探,您已经知道谁是犯人,也破解了密室的手法吗?"

"没错。"

胡子老爹严肃地点了点头。

不愧是手冢治虫笔下的专家!克二高兴地握住爱丽丝的手,她也用力地回握着。

"本人仔细观察过现场,首先产生的疑问,就是关于那个密室本身。"

"喵?"

喵罗好像有些失望,发出了不满的叫声。

"对密室产生疑问是理所当然的喵罗。"

"不仅如此。"

胡子老爹挥挥手说。

"我想指出的不是如何才能实现密室犯罪，而是为什么要创造出那个密室……重点在于，那个密室到底是怎么回事。"

"只是个山间小屋而已喵?"

喵罗回答。

"在不可思议之国，不需要申请建筑施工许可证，也不需要缴纳不动产购置税、百分之二十的购房首付等乱七八糟的东西。"

"我知道。"

胡子老爹回应道。

"只是，通过仔细观察那间小屋，我判断那间小屋来自美国的堪萨斯一带。"

堪萨斯? 克二心想，好熟悉的地名，可自己连美国都没去过，怎么会觉得这个名字耳熟呢? 突然，他的脑中闪现出某个童话故事的标题。

"《绿野仙踪》!"

"没错。"

胡子老爹转头看向被告席。

"那是多萝西住过的小屋。"

"但是,那个小屋应该已经被飓风卷到芒奇金邦国去了。"

"你是觉得多萝西叔叔会露宿野外吗?"

"对啊……房子可以重新盖。"

"没错,他确实重新盖了,而且似乎下了一番功夫。我们知道,过去多萝西被卷到奥兹世界的时候,小屋附有避难用的地下室。"

"啊,我记得这点,就是因为多萝西和小狗托托没能及时进入地下室,他们才被飓风连带着小屋一起卷走了。"

"于是多萝西叔叔就想到,如果整个小屋底下都挖出个地下室,那么不管飓风来袭时在屋内的哪个角落,都不用担心被卷走……这种建筑设计应该叫半地下式吧。正因如此,那间小屋没有安装地板。"

"你想说,多萝西的小屋再次遭到飓风袭击,而这次被卷到了不可思议之国这里?"

"没错。所以这里只有小屋,而没有多萝西他们。"

"喵罗!等等,就算小屋被卷到这里,和密室的形成又有什么关系呢?"

检察官烦躁地抖了抖胡子。

"不要着急。"

伴侦探沉着地制止喵罗发作。

"我们刚才说到小屋被卷到这里……不过观察那个小屋的情况,可以看到墙脚几乎没有嵌入地面。"

"显然,那一带地基结实着呢。"

"周围的树枝也一根没断。"

"那又如何喵?"

"小屋的屋顶上开满了花。"

"……"

"如果告诉你这是从空中飞来的小屋,你不觉得奇怪吗?"

"啥喵?不是你跟我说这小屋是从空中飞来的喵?"

"这点我确实说过……可是我没有说过小屋是从堪萨斯直接落到这里的。我越看越觉得,那间小屋是被人为地插到树林里去的。当然,就算刻意为之,动静也难以避免,但如果真的是飓风把小屋带到这儿来的,法庭周围肯定会有震感。"

说到这里,胡子老爹转身面向皇后。皇后正倾听着两人的对话,虽说是倾听,但耳朵无法倾过来,所以她只能试图倾斜自己的脑袋。可她那猪脖子又粗又短,所以只好倾斜整个身体。

"请问殿下……有没有谁报告过这种可疑的声音?我今

天早上九点路过那里的时候，小屋还没有出现。"

"也就是说，从早上到爱丽丝举办婚礼的这段时间，如果有谁听到奇怪的声音……咦？"

皇后整个儿转过身子，看着国王。

"陛下怎么看？"

"如果是直下型地震①也就罢了，真要遇到那种灾害我们怕是来不及反应……可那段时间，我们都在愉快地打板球吧？"

"哎呀！是这样，没错。"

"所有的不可思议之国的居民都被召集过来，看你举着火烈鸟，一个劲儿地追着球跑……这周围都能测出二级地震来了。"

"等等！"

伴侦探打断了他们的对话。

"别忘了,这里有些人没有参加板球比赛，而是离开了城堡，在家里举行聚会。"

"我居然搞忘了。"

皇后像还戴着板球手套一样，啪地拍了下手，结果把国

---

①直下型地震,指震中就在城市的下方，会对城市造成严重破坏的地震。

王的王冠打掉了。

"之前疯帽匠和三月兔报告过可疑的声音。"

"然后呢?"

"虽然当时我在忙着打板球,但一听到报告还是决定去看下情况。"

"那么已经查明原因了吗?"

"没错。"

皇后僵硬地点了点头。

"声音是铁人28号造成的。"

"还有其他人听到可疑的声音吗?"

"没有了。"

皇后坚定地说。

"除非像比赛中的赛马那样几乎同时抵达终点,否则铁人和小屋就应该有两次声响。侦探的推理是不是搞错了?"

"如果真的是我的错,那我道歉。不过先让我确认一件事。"

胡子老爹笑了一声。

"疯帽匠,麻烦你重复一遍当时的情况……"

疯帽匠没想到自己会被突然点到,他手忙脚乱地跳进证人席。

"唔，当时我距离那里很远，所以情况也不算很清楚……对了，当时我往茶壶里……"

"打断一下。"

胡子老爹离开律师席，慢悠悠地走向疯帽匠。

"接下来的事情很重要，请私下告诉我。"

为什么要特地这样私下听取证词呢？克二眨眨眼，不太理解。

胡子老爹则煞有介事地连连点头。

"嗯嗯，刚倒了热水，桌子就晃起来了？"

"桌子在晃，茶托在晃，小匙在晃，杯子在晃，杯子里剩下的红茶也在晃。"

"什么情况？你是指晃得很厉害吗？"

"不是，只是我很细心，而且一直在盯着茶杯，这才知道这些情况。"

"辛苦了。"

胡子老爹很干脆地放过了疯帽匠，大声说。

"下面请问三月兔。"

"来了来了，什么事？"

三月兔看热闹似的走上证人席。

胡子老爹把刚才的问题又问了一遍。

"准确地说,你在茶会中途感受到的异常震动,是什么时候发生的呢……请重复下当时的情况。"

"好的,当时我距离那里很远,所以情况也不算很清楚。"

三月兔的证词简直就像是复制粘贴过来的。

"然后呢,疯帽匠往茶壶里倒了热水……"

"等下。"

胡子老爹举手示意,然后走到证人席附近,把耳朵凑到三月兔跟前。

"嗯嗯,就在这时候,桌子晃起来了。"

"桌子、茶托、小匙、杯子,还有红茶都晃起来了。"

"我有异议。"

喵罗鼓着腮帮子抗议。

"这不是一模一样吗?你这是在浪费时间喵罗!"

"我确实听到了同样的内容。"

胡子老爹摸了摸胡子。

"但是有一点很重要,他们的回答却不同!"

"哪里不一样了喵?"

"我私下听取,就是为了不给对方留下先入为主的印象。疯帽匠说的是'第三次倒热水的时候',而三月兔说的是'第四次倒热水的时候'。"

II

"这话是什么意思?"

皇后似乎也不明白。

"疯帽匠说地震发生在第三次往茶壶里倒热水的时候,而三月兔说的是第四次时。那他们俩谁对谁错?"

"如果两者都是正确的呢?"

胡子老爹说。

"不管是疯帽匠还是三月兔,都不会因撒谎获利。如果他们都说了真话,那么结论是……"

"地震发生了两次!"

克二大声喊道。

"一次是铁人28号抵达的时候,还有一次是多萝西小屋掉下来的时候……"

"两次的震感都差不多。"

胡子老爹补充道。

"小屋掉在铁人附近的可能性很大……如果将铁人28号

的重量设为 t_1 吨，下落速度设为 S_1 m/h；小屋的重量设为 t_2 吨，下落速度设为 S_2 m/h 的话……"

侦探迅速地按着藏在身后的计算器的按键，然后瞥了眼出现的数字，满意地说：

"冲击几乎相同。士兵们只注意到铁人，竟然错过了小屋……好了，皇后殿下。"

皇后对数字并不敏感，正茫然地听着胡子老爹的雄辩，此时被喊到，便急忙装出威严的气势。

"何事？"

"我申请喵罗作为辩方证人。"

"喵罗！我要当证人了喵？"

它听起来不是很高兴。

"好了……检察官请站到证人席上。"

听到皇后这样干脆地宣布，它也没办法继续抱怨了。

等喵罗按照惯例完成证人的宣誓后，胡子老爹便开始提问，第一个问题就火药味十足。

"请问证人，为了逮捕企图逃走的被告，操纵铁人28号的人是谁？"

"当然是我。"

喵罗挺起胸脯，稀稀拉拉的毛发间寒酸地露出几根肋骨。

"那么，你是从哪里得到那个遥控器的呢？"

被这么一追问，检察官一下子答不上来了。

"这个问题与本案无关。"

"你错了，这点事关重大。如果你拒绝回答，我就以藐视法庭罪起诉你。"

"你怎么能这样……我可是检察官喵！"

没想到，皇后这回支持胡子老爹。

"回答吧，喵罗！"

如果无视皇后的命令，一定会被"砍掉脑袋"。没办法，喵罗鼓着腮帮子回答：

"我是捡到的！"

难怪被问到这个问题的时候总是支支吾吾。

"在哪儿捡到的？"

"在城堡的花园里……掉在板球用品中间。"

"什么时候捡到的？"

"就在我发现柴郡猫的尸体，准备通知皇后殿下的时候喵罗！"

"然后你就把铁人的遥控器据为己有了吗？"

皇后问道。

喵罗惊恐地看着她。

"怎么可能喵,我就玩了会儿铁人,殿下应该不会怪我的吧。"

"证人请回答,"胡子老爹无所谓地打断了这个话题,"你拿到手的时候就知道,这是铁人的遥控器吗?"

"我看到上面写着金田正太郎的名字,很快就反应了过来,这东西来自我很喜欢的那本漫画。"

"你捡起来的时候,遥控器的开关是关着的吗?"

"当然是关着的。不过,让铁人动起来超简单的。看不出来吧,我可是个'机械达人'喵。"

"那么我问你……你认为那个遥控器是谁丢在花园里的?"

"我怎么可能知道喵。"

"依你看,金田正太郎也来到了不可思议之国吗?"

喵罗沉思了一会儿,摇了摇头。

"应该不会是这样喵……那个遥控器有两种操控杆,一种只能遥控大致的动作,比如飞行或步行。另一种小操控杆要翻开盖子才能看到,用它可以完成细致的动作,比如捏住鸡蛋。"

"你想说,如果少年正太郎拿着遥控器,肯定两种操控杆都会用?"

"没错。上一个拿着遥控器的家伙应该是个机械白痴,所以才没能注意到小操控杆。"

"你、你说什么!"

皇后突然怒吼道。

"竟敢说我是白痴……给我砍掉它的脑袋!"

"等一下喵罗!"

检察官差点儿吓瘫了。

"认真的吗?在我之前,是皇后殿下在用那个遥控器?"

"正是我,怎样!"

她咆哮道。

"我看了横山光辉的漫画,对铁人兴趣十足。那么强、那么大、那么硬!我丈夫却与之相反……"

她似乎意识到继续讲下去有些不太合适,便含糊其词起来。

"所以,我拜托敷岛博士和正太郎,把遥控器先寄给了我。我本来打算遥控铁人到城里,结果却出了点岔子。"

"结果,铁人掉到了不可思议之国的边界……殿下,您接到报告后有做些什么吗?"

"我用了会儿遥控器,铁人却没有出现。之后,看时间好准备去参加爱丽丝的婚礼了,我便结束了板球比赛,可能就是在匆匆忙忙中把遥控器落下了。"

"谢谢。"

胡子老爹鞠了一躬,抬起头,露出了会心的微笑。

"这样一来,事情的前因后果就很清楚了。"

"胡子老爹,请告诉我。"

克二提高嗓门问:

"我完全搞不懂啊……柴郡猫事件的犯人究竟是谁?"

"呵呵呵。"

胡子老爹忍不住笑了起来。

"放在侦探小说里,那还真是个意想不到的犯人啊。侦探是犯人?刑警是犯人?叙述者是犯人?虽然已经看过了各种各样的类型,但我还是第一次见到主审法官是犯人——真犯人审判假犯人,真是稀奇啊。"

主审法官是犯人?

谁是主审法官来着,啊,不就是皇后殿下吗?就连名侦探胡子老爹也被仙境的毒气影响,脑子抽风了吗?·哎呀,我不该用贬义词的。他的脑袋是不是有些不正常了?

Ⅲ

犯人居然是皇后!

这个结论过于离奇,导致法庭一时间陷入死寂,就像被制冷机快速冷冻起来了一样。这样停顿了一会儿后,突然就像冲破了临界点,人群中爆发出惊人的怒吼声、喊叫声。可是克二实在是太过震惊,就连舌头都捋不直了。

疯帽匠挥舞着帽子喊:

"这旺鸡蛋!"

白兔则单手拿着羊皮纸说:

"是变蛋啊!"

国王满脸通红地说:

"这里有毒蛇蛋,快把冰茶和味精带来。"

克二吓了一跳,原来法庭上所有的人都出现了语言障碍。仔细想想,"冰茶"和"味精",是"警察"和"卫兵"两词颠倒错乱的结果。"毒蛇蛋"大概是想骂他是"毒害社会的坏蛋"。这样推测下去,"旺鸡蛋"是"患妄想症的鸡贼混蛋","变蛋"则是"骗子业余侦探"吧。

眼下,这位皇后可怜巴巴地缩着肥胖的身子,简直就像是做灰姑娘马车的材料①。

"哦,我爱驹。"

她紧紧抱住国王。不用说,这里的"爱驹"自然是"我亲爱的夫君"的简称。

克二这才想起来,卡罗尔的《爱丽丝梦游仙境》里也经常出现"混成词"②。卡罗尔曾经把蛇和鲨鱼两种动物混合,创造出名为"蛇鲨"③的怪物。这种恶趣味也常出现在我们的世界里,像是漫画和电视里面就有很多……《电子分光人》④中出现的怪兽莫古涅丘⑤,是由鼹鼠和老鼠混合而成。三人一道迎战地下恶魔便是《伏魔三剑侠》⑥系列,五人的突击队便是《秘密战队五连者》。伟大的战士二代,便称

---

①此处意指南瓜。
②混成词,一般指由两个词语各取一部分结合而成的词语。
③出自卡罗尔的《猎鲨记》一书。
④《电子分光人》与下文中的《伏魔三剑侠》等,均是20世纪70年代日本播出的特摄剧。
⑤日文为"モグネチュード",由日文"モグラ"(鼹鼠)和"ネズミ"(老鼠)混合而成。此处作者玩了音义混同的文字游戏,下文的例子类似。
⑥《伏魔三剑侠》的日文"アクマイザー3"由"アクマ"(恶魔)和"イザー3"(三人一道)混合而成。

《大阿波罗》。超级汽车合体的片子,就叫《合体汽车人》。主角是有韧性的机器人,那就是《小露宝》。也有更为讲究的命名,北关东把蜻蜓交尾叫作Gatcha,《科学忍者队》(Gatchaman)就是这样得名的①。像这样将两个词压缩成一个词的情况,在日本不胜枚举。再往前看,身为怪兽电影的起源,《哥斯拉》这词就是由日语"大猩猩"和"鲸鱼"两个词合成的。

"请安静下来。"

胡子老爹平静地环视法庭。

"你看现在像能安静下来的样子吗?"

说着,国王气得王冠都歪了②。

"我要以冒犯君主罪起诉你。"

"莫要掉入所谓的时间不经济③陷阱。"

名侦探完全不为所动。

"还是先听听我的论证吧。"

胡子老爹的身体在说话间看起来膨胀了好几倍,也不知

---

① 有很多种说法,比如Gatcha其实是合体时的拟声词。
② 王冠歪了(王冠をかたむける)和生气(おかんむり),是类似于中文里"怒发冲冠"的一组文字游戏。
③ 指"时间压缩不经济"理论,即违背规律地压缩时间,加快进程,最终结果是不经济的。

道是因为侦探的自信,还是因为此为不可思议之国独特的变形现象。

"皇后殿下拿到了遥控器,然后启动了铁人28号。可惜殿下不擅长操纵机械,28号并不会按照她的心意行动,胡乱操作了一通后,她也只是把掉在附近的多萝西小屋给搬到了别处,也就是小屋现在所处的草原上。透明的柴郡猫就沉睡在那里。"

"然后,扑通!"——胡子老爹就着手势大喊一声。

胆小的蜥蜴比尔被他吓得蹦了起来。

"柴郡猫听到那个声音,吓得在黑暗中盲目狂奔。可它不知道自己已经被困到了小屋里,结果就这样撞墙倒下了……这就是真相。"

"所以看起来才像是密室犯罪啊!"

爱丽丝惊呼。

"扁平的钝器……原来凶器是小屋的墙壁啊。"

克二说。

"密室,同时还是凶器……除了铁人28号,没人有那么大的力气去独自移动小屋啊。"

"而且在那个时间只有皇后殿下拿着遥控器。虽说不是谋杀,但也算过失杀人罪啊喵罗。"

检察官说。

"原来不是为了杀柴郡猫啊。唔,怪不得找不到动机。"

三月兔说。

"黄油是修理怀表的最佳选择。"

疯帽匠说。

"还有个地方,我无法理解。"

白兔一边摆弄着羊皮纸一边试图反驳。

"伴侦探说,柴郡猫是在狂奔时撞到墙壁的。可就算睡痴了,也不至于猛冲到把自己撞死吧?面前有堵墙总该能看到吧?"

"可它就是看不见啊。"

胡子老爹断言。

"正如我刚才所说,柴郡猫当时是盲目狂奔的。"

"侦探先生,你是说……"

爱丽丝尖声质问。

"当时在小屋里,柴郡猫伸爪不见五趾?"

"没错。"

胡子老爹转过身来,补充道。

"不过,只有当它变透明的时候,才是伸爪不见五趾,眼前一片黑暗。"

"你怎么知道它眼前是一片黑暗?"

"有位叫寺田寅彦的科学家说过,我们之所以能够用眼睛看见外界的东西,是因为眼球里的玻璃体能够折射光线。如果能够折射光线,那么自然就能从外界感知到玻璃体的存在……换句话说,如果想变得完全透明,就应该无法折射光线。现在听懂了吧,柴郡猫隐身时是丧失视觉的状态!"

法官、检察官、旁听者,当然还有被告克二,全都对这三个事实目瞪口呆:

我们看不见隐身时的柴郡猫,隐身时的柴郡猫居然也看不见自己周围的世界。完成密室的居然是怪力的来访者——铁人28号。在不知情的情况下摆弄遥控器,导致柴郡猫死亡的犯人居然是案件的主审法官——皇后殿下。

IV

"克二!"

此时不必说,正是爱丽丝打破了笼罩法庭的沉默。她突然搂住克二的脖子。

"太好了,你的清白得到了证实!"

尽管她这样说,克二还是没有真实感。

"你真幸运啊喵。"

直到喵罗用胳膊肘轻戳克二的背,他才终于感觉浑身泡在了安心的暖流中。得救了……对了,还要向名侦探伴俊作致谢。

"我也没帮上多少。"

克二和爱丽丝依次道谢后,胡子老爹反而有些不好意思。

"唉,怎么说呢,如果通过这件事情,能让你顺利地成为不可思议之国的居民,那么也算是不打不相识了……对吧,皇后殿下?"

胡子老爹开玩笑似的看向主审法官席。

"绵畑克二先生差点因冤假错案被砍掉脑袋,为了补偿他受到的无妄之惊,不如再给他举办一次婚礼吧……当然,费用由王室承担。"

"啊,那是自然。"

皇后以夸张的姿态回应。

"我也正考虑这点呢,让我们在仙境举行一场盛大的庆典吧。克二,如果你愿意,我也可以收你为我们王室的养子!"

克二慌忙地摇了摇头：我可不想要这样的养父母啊。

"好意我心领了，不过我只想和爱丽丝组成家庭，这样我就足够幸福了。"

"克二！"

爱丽丝紧紧抱住克二不放。

"我现在特别幸福。"

当然，克二也很幸福，他的内心充满了炽热的感情。如果是梦，就别让我醒来了！他虽然这样祈祷，但是……

"克二！克二！"

爱丽丝的声音渐渐远去。

"振作起来，克二！"

听到这声呼唤后，他就彻底晕过去了。

第 4 章

追逐者之诗

1

"多谢……我没事。"

绵畑克二被两名刑警搀着休息了一会儿,好不容易才缓过神来。可嘴上说着没事,其实他仍然承受着如潮水般袭来的剧烈头痛。

"我刚才是昏过去了?"他呻吟着问道。

"不算吧,顶多是眼前发黑了一会儿。"上岛回答。

见克二平安无事,态度冷淡的清水刑警已经松开了手。

"这样啊……"克二难以置信地摇了摇头。

突然,他感到一阵剧痛,像是头上戴着紧箍。持续疼痛期间，他觉得自己仍然在刚才的梦里。

那个梦里有爱丽丝。他恍惚中想到，自从小学第一次读到卡罗尔的书，可爱的少女就一直住在自己的心里。我要跟爱丽丝结婚了！伴侦探的推理证明了我的清白，已经没有什么能阻挡我们。就连那个专横的皇后也休想插足我们的婚姻。

克二似乎在一瞬间做了一个长长的梦。

而且这已经不是第一次了。

他依稀记得，过去的几天里自己至少到访了三次不可思议之国。虽然被怀疑为谋杀柴郡猫的凶手，但爱丽丝一直在背后默默支持惊慌失措的自己。可回到了现实世界，自己又能依靠谁呢？

"如果身子不舒服，就送你回公寓吧。"

克二拒绝了上岛刑警亲切的提议。

"不用了，我想顺路去个地方。"

"你要去'蚁巢'？"

上岛笑着问道。

"真羡慕你啊。我们的差旅费卡得很紧，所以接下来要赶回程的夜班车了。"

"如果有那个女人的消息，请立刻联络我们。"

清水不忘叮嘱道。

和他们分开后，克二松了口气。也不是刻意隐瞒，他就是不想在刑警面前提起笙子。对克二来说，笙子就是现实世界里的爱丽丝……正因如此，他想尽快解除对笙子的怀疑。

然而，当走进公用电话亭后，克二却陷入了长时间的犹豫。就算已经取下电话听筒，投过了十日元硬币，他还是没想好要不要打给笙子。

他已经知道友竹在哪家店了。回去的时候，友竹暴露了自己要去新宿西口的小酒吧"拉拉"的意图，克二也知道那家店，犹疑不定只是因为他害怕戳穿真相……

怎么可能，他想。苫田的女人怎么可能是笙子呢？

不可能的。胡乱臆测简直是对她的侮辱。正在这时，克二又想起笙子有驾照。说来奇怪，她对明野的案子很是执着。清晨五点，她居然身穿性感睡衣跑到我房间抗议……那副打扮非同寻常，时间段也很异常。回头想想，难道是想要我来给她证明，那段时间她一直在房里睡觉？

克二很快得出结论：看来，她接近我是为了打听调查的进展。也就是为了自己和苫田。

他顿时怒火中烧，条件反射地拨通了"拉拉"的电话。

"绵畑啊……刚才多谢了。"

友竹那洪亮的声音在克二耳边炸开。

"你要过来吗？我等你啊……不过，我们各付各的。"

"我都到歌舞伎町附近了，要不你打个车到'蚁巢'？你知道吧，就是黄金街那家。"

"我不想去那家。"

友竹很不情愿。

"之前明野可是经常带我去那边。"

"我想找你问点事。我请客，你尽管吃。"

"哎呀，真是大方啊……那你等等我。"

改口改得真快。克二大致摸清了友竹喜欢贪小便宜的性格，便放心地前往"蚁巢"。

喵呜。

"蚁巢"的门敞开着，柴郡猫抖着胡须迎客。夜深后室外天气凉爽，还没热到要开空调。这门敞开着，大概也是为了节能省钱，蹭点凉气吧。

"欢迎光临。"

由布子在吧台里面懒洋洋地招呼道。刚才她身为客人，在宴会上喝了不少酒，这时候看上去都没兴致招呼人喝酒了。克二本以为有人会从大饭店跑到这里续摊，可一看才发现自己想多了。只有最里面坐着两个像是刚下班的男人，他们正默默凑着杯沿小口抿酒。

"大家好像都去了新谷先生常去的那家俱乐部。"由布子说。

对克二来说，这样反而更方便。

"文英社赚得很多，所以在招待应酬上也毫不吝啬。等在银座的俱乐部玩够了，他们通常就会到大领导位于赤坂的公寓里，搓两局麻将嘞。"

破旧酒吧的老板娘语气酸酸的。

"你说的那个大领导是叫苫田吗？"

"对对，就叫这个名字。我老公上次被他们拉着玩了个通宵，早上回来的时候提到过。"

苫田家应该是在调布……除了那套别墅，他还有其他的商务公寓吗？克二心想，这样很方便"把妹"啊。

没等多久，友竹就到了。

"我来啦。"

友竹向克二和由布子都打了招呼。他这会儿看起来多少清醒了一些。提到刚才在酒店那副醉醺醺的样子，友竹笑起来。

"自掏腰包喝酒，总不至于烂醉如泥。在'拉拉'店里，我基本只喝了水。"

友竹毫不客气地点了瓶芝华士威士忌，咕噜咕噜地灌起酒来。这混账家伙，一上来就拿"蚁巢"酒架上最好的苏格兰威士忌啊。

"你看到的苫田的女人是谁，我大概有点数了。"

克二压低声音说道。这时候，由布子正忙着给两人做下酒菜。

"哈哈，所以你才找我，想要求证一下？"

"是的。"

克二打算把友竹带回自己的公寓，然后找个借口喊来笙子，让两人碰面。这样做或许有些刻意，但他受够了这种悬而未决的感觉，只想尽快弄个清楚。

"好，为了疼爱我的明野先生……我会协助的。"

友竹"嘿嘿"笑着，却在看到一张照片后突然停了下来。

"这张照片是怎么回事？"

他拿起压在榨汁机下面的彩色照片。照片拍的是朗姆和香奈两个人，地点似乎是"蚁巢"店内，打光不足，看起来拍摄技术很业余。

"啊，那个啊。"

由布子回过头来说。

"我手上正好有多余的胶卷,就拿来帮他们两人拍了张照片。小绵,你当时也在啊。"

"啊……就是向我介绍香奈小姐的那次啊。"

"她的名字叫香奈?"

友竹看起来很严肃,他的视线似乎要给照片上香奈的脸戳出洞来。

等由布子再次转身后,他小心翼翼地压低声音告诉克二:

"和苫田在一起的女人,就是这家伙。"

2

居然是香奈跟苫田在情人旅馆开房。

得知对象并非笙子,克二松了口气,但某种意义上,他受到的震撼更为强烈。

樱井香奈——受父母不和的影响,她这个女儿没有和主编住在一起。现在,她还是朗姆的未婚妻。可就是这样一个人,居然会和父亲的原上司搞到一起。

"这是什么时候的事?"

"大概两年前吧。"

友竹回答。

听说朗姆和香奈认识还不到一年。看来香奈和苫田搞上的时候,她正因家庭纠纷而颓废度日。

明野之死好不容易让朗姆开始鼓起干劲,所以香奈不想让他知道自己的这段过去。当然,香奈的出现应该也是他转变的原因之一。如果朗姆听说自己恋人的过去,又变回原来那个小浊——万一事态真的如此发展,克二感觉自己最对不起的是死去的主编。

克二急忙起身想要离开,由布子拦住他。

"时间还早呢!等会儿,阿新和井垣他们一定会来的。"

"你就要回去了吗?"

友竹也鼓起了腮帮子。

说实话,克二现在完全不想面对朗姆以及认识朗姆的人。结果,他露出了前所未有的可怕眼神,直直瞪着友竹。

"这件事不要告诉任何人……包括警察。"

克二的钱包素来就不算厚实,今天更是差不多掏光了工资。友竹抓起钞票,眼睛立刻亮了起来。

"相信我,我绝对守口如瓶。"

虽然克二不是很信任他,但毕竟他不知道香奈是明野的女儿,所以估计也不会深究。想到这里,克二勉强放下心来。

克二打了辆出租车。在公寓前下车的时候,他看到笙子正在阳台上收衣服。

借着路灯的光亮,笙子也注意到克二回来了。

"回来啦。"她挥挥手,打了个招呼。

克二做好了心理准备,打算到她的房间认真道个歉。

"向我道歉?"

笙子请克二进门后,她眨了眨那翻翘着长睫毛的眼睛。

身为邻居,克二第一次坐在她的房间里。他惊讶地发现,同样的两室一厅户型,不同的人住着,看起来竟然完全不同。墙上污痕被时尚的酒柜挡住,从厨房到和室都铺着浅黄色的绒毯,生活起居完全融为一体。窗边小双人床上的床罩,和条纹窗帘是同种布料。没想到她房间里的床够睡两个人,克二感觉自己心里痒痒的。那张床看上去很柔软,如果躺在那上面抱着笙子,床伴随着弹簧的吱呀响声摇晃,会是怎样的节奏呢?酒柜上的史努比布偶看了也会脸红吧。

在天真的史努比身后,却挂着一幅略显出格的复制画。形状非人非鸟,画中肥乳母猪和心形屁股乱舞,令人印象深刻。

（是弗里德里希·施罗德①啊。）

克二想象着笙子注视那幅画的情景，内心感觉微妙。

"哎呀……原来绵畑你和我一样，都参加了那个聚会。早知道就在会场打个招呼了。"笙子遗憾道。

她嘴上的口红已经被擦掉了，却反倒更显清纯的性感。

"对了，刚才你说想向我道歉，到底是什么意思？"

"其实……"

克二吞吞吐吐地讲出自己怀疑对方，并且完全猜错的事情。

"苫田先生是文英社的董事会成员？"

笙子好似惊呆了。沉默了一会儿后，她才弯下身子笑了起来。

"原来你认为我是苫田先生的情妇，而且是杀人案的共犯，利用你来制造不在场证明！"

"啊，之前我是这样想的。"

看着笙子笑得前仰后合，克二越发丧气。原来女人遇到这种事情会笑啊……克二做好了被骂到面红耳赤的准备，却

---

① 弗里德里希·施罗德，德国艺术家，1892年出生于东普鲁士，1982年逝世于德国，主要创作"原生艺术"油画作品。

没想到对方不按自己的想法出牌。他意识到自己再待下去也没有意义，于是礼貌地低头示意，回到了自己的小窝。

（好难闻的味道……）

也许是因为小时候得过鼻窦炎吧，克二第一次意识到自己的房间里有股臭味。他往水槽里一看，昨晚吃得很急，拉面碗扔在水槽里还没洗。

克二赶紧打开窗户，把窗帘的下摆当成团扇，哗哗地想把异味给扇出去。

"对不起。"

突然听到背后传来笙子的声音，吓得克二差点儿把窗帘从轨道挂钩上扯下来。

"打扰到你了吗？"

她那白皙的脸出现在门后。克二这才意识到自己没锁门。

"没事没事，请进。"

慌忙中，克二被一直没收拾的床铺给绊了一跤，向前扑腾了一大步。

"真是乱七八糟……噗。"

这时候，克二酒劲儿已经上来了。他把卷成一团的被子塞进衣橱里，好不容易腾出可以坐下的地方，然后把珍藏的坐垫让给笙子。

"要不要吃点西瓜?"

笙子撕开盖在盘子上的保鲜膜。西瓜看起来很甜,但克二更在意笙子并在一起的雪白膝盖。

"谢谢,可是……"

克二的心悬在半空中。原本,他计划着马上出门。

"还有事要忙吗?"

"嗯……算不上什么事。不过,我在想如果现在出门,能不能在赤坂的公寓逮到……"

"你指苫田先生?"

笙子抢答。

"嗯……如果顺利,我们就可以确定那天在轻井泽,明野主编正是想要会见苫田先生。"

"毕竟苫田先生玷污过自己的女儿啊。主编知道后,肯定是想追究他的责任。"

"所以主编才没有把对方的名字透露给我们啊。如果说出来,就会让女儿蒙羞……"

"啊,你的意思是,明野先生在轻井泽和苫田先生发生争执,这才被杀害?"

"是啊,肯定是感情用事了。苫田先生可能不知道樱井香奈是主编的女儿……"

"可是，根据你的推理，香奈小姐当时在杀人现场吧……至少应该去那附近了。"

"啊?"

"你想，苫田先生从千曲村到轻井泽，肯定需要用到某种移动手段吧?"

没错，到现在还无法掌握相关者的行踪，只能说明用的是私家车。而苫田没有驾照，香奈有驾照。

"就算吵架分开，也不可能自己开车，去包庇杀害亲生父亲的男人吧。而且退一步讲，香奈小姐有那个时间吗?"

没有。

案发的那段时间里，樱井香奈在东京……在六本木的"马梨花"等待朗姆。所以，香奈不可能出现在轻井泽。

"是啊。"

笙子同情地看着垂头丧气的克二。

"只有经过认真思考，收集证据，才能捉到真正的犯人……好了，快趁凉吃点吧。"

劝克二吃西瓜时，她回头看了眼厨房。

"勺子在哪里?"

"啊，我去拿就行。"

他不想让笙子看到自己那肮脏不堪的厨房，于是慌慌张张想要站起来，却又一次摔了下来。

"啊……"

他的手不小心碰到了笙子的膝盖，香味扑鼻而来。克二正要起身，却发现笙子化了淡妆。见她红唇微启，克二的声音突然变了调。

"笙子小姐。"

笙子本想推开压在自己身上的克二，却没想到绷掉了女式衬衫上的一个扣子。

"不行啦。"

她撒娇般地扭动着身体。

"我们还是，吃西瓜吧……"

"西瓜之后再吃！"

克二非常认真地问答。

那盘西瓜错失了被吃掉的良机，满脸通红地倒在盘子里。

3

"克二呀……"

笙子裹在男人味十足的被子里,像猫一样撒娇道。

"怎么了?"

在这瞬间,克二好似回味到梦的余韵。他翻身起床,叼起香烟,正要点火时,看到西瓜还倒在那里。

"啊,特地带了西瓜却没吃,真是不好意思……重新放进冰箱,冰一下再吃吧。"

笙子小声笑起来。

"你真是太温柔了。"

"是吗……"

"我不是说西瓜的事,而是想说,你已经不打算跑到苫田先生的公寓大吵大闹了啊?"

"啊,是的。"

克二有点泄气。原本以为只要再来一口气,就可以把苫田逼到绝境……难道自己漏掉了什么重要线索吗?

"克二。"

笙子撒娇似的温柔抚摸着克二的胸膛。

"我上学的时候数学成绩不错来着。你还记得辅助线吗？"

"辅助线……啊，像是'要证明$\angle ABC$是$\angle BCD$的二分之一'这类问题时，我们常用的那个辅助线？"

"没错。我不是很聪明，但直觉很灵，常常随手画条线，就能轻松解决之前无法解决的难题。那种感觉可棒了！"

克二无法揣摩笙子此时的意图。

"怎么突然聊起这话题了？"

笙子调皮地对着克二的耳朵吹了口气。

"我想帮你找凶手。"

"你是想画条辅助线，来帮我找到凶手？"

"是的。"

"搞不懂啊。"

难得听到她的提议，克二内心很想接受，可实在是摸不着头脑。

"我先假设下……别钻牛角尖哈。如果让我来画条线……"

笙子挪开身子，换了个仰躺的姿势。她那丰满的乳房从毛巾被里滑了出来。

"先假设有个凶手,但不是明野先生在轻井泽约见的那个人。"

"可是根据呢?"

"都说了是假设啊。"

笙子生气地瞪着克二。

"你之前一直认为轻井泽的客人就是凶手,可那种想法现在已经走进死胡同了,所以我才想从其他角度推理试试看。"

"可是……"

虽然猛地听起来有道理,但是克二歪着脑袋想了想。

"有第三方介入的时间吗?"

明野搭乘"越前号"快车,在小诸站下车。真凶也就是第三方则开车来接他,然后在车上杀害了他,把尸体抛进别墅里。就在这时,跟主编约好的客人到了……

"如果主编和客人两方的时间安排都尽在第三方掌握,那就另当别论了。"

"凶手不用去小诸接主编啊。关越道①已经通车到前桥了

---

①关越道,指关越汽车行车道,东松山—前桥段于1980年通车。前桥市位于群马县中南部。

吧?如果走那段高速公路,再加上碓冰绕道①,就可以很轻松地抵达轻井泽了……这段时间并非旺季,而且当时是深夜,路上肯定不会堵车。"

"这种假设我也和刑警聊过,可是这样一来,就不必特意跑到轻井泽去了吧?"

"或许是为了让神秘的客人背上杀人的罪名?"

"啊……原来如此。"

克二忍不住说了声"原来如此",可是对凶手和客人的假设都只是建立在空中楼阁上的假说,所以继续推论下去只会更加不靠谱。

不过,笙子的语气非常自信。

"好几次了,我想听你讲下……主编死去的那个晚上发生了什么。"

克二有些不好意思。

"我不是不愿意,只是喝醉后实在记不得了。"

"是啊,你每次喝醉后睡得可香了。一旦喝得超过一定的量,就会不分场合地陷入沉睡……你身边的人应该都知道这点吧?"

---

① 碓冰绕道,指1971年开通的穿越群马县与长野县县境的17千米绕行道路。

"好像是吧。我自己倒是不怎么怕喝酒。"

笙子无视他的胜负欲,继续劝他。

"拜托啦,克二。你再好好回想下那天晚上的事,当你深夜在'蚁巢'醒来时……有注意到什么奇怪的地方吗?不管什么细节都可以讲讲。"

两人温存过后居然杠上了这个话题,实在是有些煞风景。可笙子的表情看起来很认真,逼得克二也不得不配合她。

"嗯……这么说来……柴郡猫那家伙不知道跑哪里玩去了。"

"没找到那只猫吗?"

笙子的眼睛突然发亮。

"嗯……平时晚上,柴郡猫都会蹲在店里的角落,当然有时候也会在惹眼的店中央。"

"还有吗?"

"呃……天花板上的灯光突然变掉了,搞得我很不舒服。"

听到古典电灯罩被改装成塑料照明器具,笙子不断地点头。

"然后还有吗?"

"我想想……"

克二含糊地应了一声,突然想起了另一件奇怪的事。

"弹珠……"

朗姆留在吧台上的弹珠,每次看到它的时候位置都有变化。应该没人会去刻意移动它吧。当时,克二的视线扫来扫去,打算找水果刀……这才注意到藏在果盘后面的弹珠。不仔细观察的话,没人会发现弹珠藏在那个位置吧。

"这下很清楚了。"

听笙子的口气,似乎有所发现。

"我画出的辅助线,好像成功了。"

"……"

克二目不转睛地盯着笙子的侧脸。她那红色的嘴唇兀自动着。

"柴郡猫的行踪……改装后的照明……移动的弹珠……如果我的假设正确,这些现象就都可以得到解释。"

"笙子,我投降。"

克二狼狈地举起白旗。

"我完全不知道你在说什么。"

"在解释前……"

笙子确认道。

"老板娘说水果刀是明野先生拿走的……但是,当你提到'刀'的时候,那位叫井垣早苗的女编辑被吓坏了。我记得没错吧?"

"没错……新谷主编也是如此。"

克二回想着他沙哑的声音回答道。

"而那段时间,老板娘的丈夫一直在玩老虎机……那家店里的老虎机好像晃得很厉害吧。"

"是啊。每次按操控杆,都会晃得很厉害。"

"那珂老师是在看电视吧?"

"是的,他看的时候还讲给我听,电视里放的是《绿野仙踪》。"

"就是我在店里看到的那台电视吗?"

"没错。虽然是彩色电视,但是没有遥控器,也没有多声道扬声器,更没有播放录像功能,就是你看到的那台便宜货。"

"耳机也没有?"

"过去是有的,不过听说弄丢了。"

"他居然用这样一台电视播放音乐……《绿野仙踪》可是一部音乐剧啊。连我都知道,这部剧的主题曲《在彩虹的彼方》可出名了。他居然会蠢到看无声的音乐剧?"

笙子简直就像被侦探或刑警附身了一样……就在十几分钟前,她还在克二的身下闷声喘息,从湿润的唇间吐出舌头。她怎么就迅速地转变成了另一副模样呢?克二目不转睛地盯着语气强硬、滔滔不绝的笙子。

(刚才在床上的,真的是她吗?)

为何笙子会如此热衷于寻找犯人呢?克二茫然地看着她在寻找犯人的游戏中大放光彩。克二自负地想,她是代替自己的恋人投身推理游戏啊——或者可以说——

(因为她爱我啊。)

是的,她爱我。就像被洗清冤枉后,爱丽丝紧紧地搂着我的脖子那样……

"克二。"

"怎么了?"

不过,她不是爱丽丝。不是长相稚嫩的少女,而是成熟的办公室女职员。只靠梦想是无法活下去的,身为成年人,他清楚地认识到这点。

"听我说……大家都知道你喝醉后就会断片儿,所以某些有心之人就利用了你的这一特性。"

"什……什么意思?"

看到笙子对自己露出怜悯的微笑,克二怀疑自己是这个世界上最单纯的恋人。

"简单地讲,就是他们利用你来制造不在场证明。"

"'他们'到底是指谁？能告诉我名字吗？"

"好吧，那你听着。他们是《少年周刊》的新谷主编、井垣早苗、漫画家那珂一兵、'蚁巢'的老板娘近江由布子，以及由布子的丈夫中迁……"

克二眼珠子都瞪圆了，好像马上就要蹦出来似的。

"胡、胡说八道。"

"我可没瞎说。"

笙子摇头。

"只有众人齐心协力，才能骗过你并且包庇凶手。"

"怎么可能……"

说到一半，克二忽然想起来。当时朗姆没有露面……只是听到了由布子喊他的名字……可是他完成了"热恋剧场"的文稿，还送我回到公寓，理应没工夫往返轻井泽啊。当然，香奈的不在场证明也很完美。那么，笙子究竟把谁拟定为凶手呢？

"店里所有人都瞒着我，包庇凶手……他们为什么要共担这样的风险呢？"

喊出口后，克二瞬间明白了。如果是那个男人的请求，大家一定会听从的……

如果是明野重治郎的请求。

4

喵噢……

克二推开"蚁巢"的大门,柴郡猫照常致以欢迎词。

"欢迎光临,果然不出我所料,转眼就再次光顾了啊。"

老板娘由布子语调明快。

"我来了。"

吧台旁都是些熟悉的面孔。

那珂、新谷、中迁、井垣。克二担心的那两个人都不在。

"貘谷老师和他的未婚妻不在啊?"

"他们回去了。不过,听说香奈小姐等会儿要飙去赤坂的迪斯科舞厅。"

新谷回答。

"来这里坐啊!奇怪,小绵……你的表情好可怕喔!"

早苗拍了拍旁边的吧台椅子。

克二坐在那张椅子上,抬头看向天花板。

"什么时候换成这种电灯照明的?"

原本正在调威士忌的由布子突然停下了手上的动作。三位客人与中迁齐齐望向克二——他们似乎注意到自己的动作整齐得不自然,随即狠狠地移开视线,望向不同的方向。

"什么时候啊……正好是明野先生去世那天。"

"怪不得,那天傍晚营业。"

"没错,就是这个原因。其实我很想换成水晶吊灯,但风格上很不搭吧?"

"骗人。"

"骗人?"

由布子挤出僵硬的笑容。

"奇怪啊,你说说我为什么要骗你?"

"我不知道你想说什么,不过取掉灯罩的确是那天晚上……"

早苗插进两人的聊天。

"真是可惜啊,那个风格很'蚁巢'吧?"

那珂缓缓地说。

"老板娘是抽风了吗?塑料灯罩看起来如此廉价,会让人怀疑经营者的审美意识的。"

新谷笑着说。

"比起审美,更重要的是资金问题。"

中迁应和后,四个人都哈哈大笑起来。

"大家都在说谎。"

克二难过地说。

"那天晚上,我一进店就对了下时间。因为坐在背对门的位置上,灯罩会挡住墙上的挂钟……所以我坐到椅子上之后,把挂钟上的时间和手表上的时间对了一下。这只是习惯性的动作,每次到这里我都会这样做,那天晚上自然也是同样。当然,那晚我也没有注意到什么奇怪的地方,也就是说当时天花板上的照明并没有异常……玻璃灯罩还在那里!"

早苗像是在哄孩子似的,劝慰克二。

"纠结个什么劲儿啊?快喝吧,你的兑水威士忌的酒杯都冒汗了。"

"这不重要。"

克二则像是着魔似的,看都没看早苗一眼,便继续聊起照明。

"等我沉睡后再次醒来,那些灯罩已经变成塑料的了。"

"你看……"

早苗原本想说些什么,却又主动闭上了嘴。

克二没有看向"蚁巢"里的任何人。硬要说的话,他好像是在看窝在门边椅子上的柴郡猫……又或许，他是把自己的推理发泄到了不在场的某人身上。

"当时，我醒着的时间非常短暂，但就在那段时间里，还是发生了很多奇怪的事情。像是弹珠……"

"弹珠？"

新谷突然夸张地重复，但没人跟在后面笑。

"一开始是在吧台的右端……后来不知什么时候滚到了左边。就好像发生了地震一样。说到地震，有线广播和老虎机的声音吵得整个店直晃。平时也就罢了，可当时那珂老师还在看电视呢，这吵闹程度就显得非常不自然。我知道为什么一定要看电视喔……这放的可不是录像，而是实时播放的节目，再加上朗姆也回应了招呼……你们是想让我确认，十一点左右所有人都在'蚁巢'。"

讲到这里，已经没有人来打断克二了。

吧台上，无人在意威士忌里放的冰块，已然融化成了水。

"钟表无法准确证明时间……毕竟可以动手脚嘛。为什么要冒着被察觉的危险，想让我记住时间呢？自然是为了让我成为你们不在场证明的证人。"

"不在场证明。"

不知道是谁跟在后面轻轻重复了声。

"谋杀主编的不在场证明。

"你们想让我认为,主编的尸体是在轻井泽被发现的,所以和你们这些在黄金街买醉的人无关。

"但其实,你们带着醉得不省人事的我,以及恐怕已经被刺杀身亡的主编,共同坐着小浊的露营车从东京向轻井泽移动……

"我说得没错吧?"

没有回答,也是一种回答。

"小浊,也就是朗姆曾经说过,他那辆露营车的内饰很考究。如果他的意思是内饰和'蚁巢'一模一样呢?

"这样一想,就明白为什么要换吊灯了。电灯罩在摇晃的车厢里会很危险,所以这处内饰和'蚁巢'不同。

"弹珠的移动则是车在行驶过程中,加减速产生的惯性效果。为了不让人察觉这种异常的晃动,你们假装成老虎机和广播的影响,播放吵闹的音乐。

"现学现卖一下,路上有很多改造露营车,它们能储备大约四十到六十升的水。安个水泵就能取水,可以装用电池驱动的冰箱,甚至还能配备烧丙烷的煤气炉。

"所以,如果朗姆使出在村公所做修理工时的本领,掏出画漫画赚的钱，重建另一间'蚁巢'……然后趁我烂醉如泥的时候，把我转移到另一个地方，我迷迷糊糊的肯定认不出来。

"我猜刺杀主编的就是朗姆吧。"

依然没有人回答，只有柴郡猫一直在不耐烦地挠着耳朵后面。

"竟然和大家成为了共犯，真是惊人……包庇杀人犯可是实打实的犯罪啊。像你们这样既有社会地位又有名望的人，为什么会做出这种事……想到这里，我才意识到大家有个共同点，那就是都很景仰明野主编。

"在新谷眼中，明野主编作为漫画编辑，是优秀的老前辈。

"对井垣来说，主编是前辈，更是自己的恋爱对象。

"而对于那珂老师，主编是恩人，让自己以剧画重新出道。

"自大学时开始，中迁先生就跟主编是好朋友。如果再加上顽固的那珂老师松口《小梅》的电视剧改编权，中迁先生也会极力配合吧。

"因此，我得出结论，大家都愿意听从主编死前最后的请求……"

"讲得挺清楚嘛。"

那珂慢条斯理地点了点头。

"看来我们低估你了啊。"

"我也觉得不该骗你。"

早苗低声说。

"当时,小浊想去取露营车,却正好遇到主编回头想到店里还水果刀——把你扛到夹层后,水果刀就一直留在他的口袋里,直到离店他才发现这点。

"主编那个暴脾气,面对小浊也像在你跟前一样,怒得水果刀直舞……小浊想要跑开,避免生发事端,却跟主编起了冲突,然后……"

"刀就直直插进了主编的后背。"

那珂补完了这句话。

"之后,主编倚着墙靠坐了一会儿……"

"这是怎么回事?"

"明野先生在拼命掩饰自己被朗姆刺伤的事实啊。他付出了令人难以想象的努力,保持着平静的态度劝慰朗姆……朗姆十分混乱,但还是乖乖地听了主编的话。这也很好理解……刺伤别人后自己被吓得浑身发抖,可被刺伤的人居然在劝慰自己。

"不过,再怎么努力也不是长久之计。

"中迁毕业于医学院。他硬是把脸色发白的主编从墙边拉起来,发现伤口比想象中更严重,搞得我们也开始脸色发白。"

"老板娘正要叫救护车,可正痛苦喘气的主编制止了她。我们问他,为什么要这样做……"

新谷的声音有些颤抖。

"他回答说,要是貘谷朗姆现在被判刑,《漫画》最受影响……身为主编,我要为了《漫画》去拯救朗姆。"

"也是主编主动提议,要用露营车制造不在场证明的啊。"

"这点我猜到了。"

克二说。

"因为只有主编听朗姆说过内饰的情况。"

"我们把你从夹层一路拖到附近停车场,然后跟垂死的主编一并抬到露营车上……过程实在是很紧张刺激,不过或许是由于黄金街上的人们见多了被人架着的醉鬼,一路上并没有招来怀疑的目光。"

新谷总结道。

"可是,主编就这样看淡生死了?如果直接去医院,说不定还有救吧。"

那珂回答了克二的这个问题。

"明野先生原本是打算当医生的。他注意到刀尖贯穿了自己的左肺，导致体内大出血。"

"我想问的是为什么没去医院……"

"所以，新谷先生不是说了吗！"

早苗突然激动起来，发出声嘶力竭的呐喊。

"主编宁可自己去死，也不愿失去朗姆。他可是《漫画》的支柱啊！……这个漫画笨蛋、编辑笨蛋，根本不懂得轻重缓急！……你们也这样认为吧？他像西哈诺[①]那样，最后还要硬撑着耍帅……结果伤势就这样无法挽回了。"

"在我看来，明野先生只是撑着一口气罢了。"

中迂沉痛地说道。

"他的肉体已经死了……只是因为没有拔出刀子，才能撑到那个地步……他断然拒绝接受治疗，即使有名医在场，恐怕也回天无力了。"

"可是我……还是想带他去看医生啊。"

早苗语带呜咽。

[①]该人物出自法国剧作家埃德蒙·罗斯丹的戏剧作品《西哈诺》。

"我觉得啊,明野先生可能从很早以前,就一直在等待死亡降临了……"

那珂仿佛在自言自语。

"他的妻子和女儿恐怕再也无从知晓明野先生内心的想法了。家庭破裂后,他感到非常自责……他经常在这家店里笑着说,身为昭和个位数世代①的工作狂,至死方休啊。他那表情哪里是在笑,分明是在哭啊。"

主编还有这样的一面?克二想反问,却问不出口。那珂淡淡的话语背后,隐藏着无限的悲伤。他那骨节突起的手用力握着酒杯,几乎要把它捏碎了。

"要我说,明野先生以死包庇朗姆,不光是为了他口中的《漫画》……朗姆可是要和他的女儿度过余生的啊,就算是为了女儿,他也不能让朗姆变成杀人犯……可如果要伪装成自杀,伤口的位置就太不自然了……明野先生判断,从自己身上的伤口来看,怎么看都会被判定为他杀,只能选择让真相沉入水底,这才请求我们协助他……而我们都没有拒绝的勇气。"

早苗断断续续地补充道。

---

① 昭和个位数世代,指1926年12月26日至1934年12月31日之间出生的这一代日本人。

"我刚才也差点儿就要主动道出真相了,憋在心里难受啊。"

克二这才拐过弯来,宴会那天那珂打断早苗,让她介绍芳贺的真正用意。如果那珂没有插话,早苗很可能就会借着明野思念女儿这点,把真相和盘托出。

"小浊开车的时候,我就抱着主编坐在副驾驶座……广播里放的音乐,我们都听得一清二楚……当主编听到他喜欢的《津轻海峡冬景色》①的时候,看起来可高兴了……歌曲播完的时候,他好像突然就不行了……他还说过'胸腔出血到呼不了气了'这种话……每当车子摇晃,按在他背上的毛巾和毯子都会染上更多鲜血……总归要死的话,真希望能让他在床上安稳离世啊!可是主编好像猜到了我在想什么……他只是默默地摇头……小浊双手抓着方向盘,手背上像是被雨淋过一样反射着光……他不停地用手背擦着眼泪啊……我暗想,不管主编怎么说,只要让我看到医院的招牌,就得把车给拐进去……可还没等我找到医院……主编就……断气了……

"他最后说的一句话是'香奈,对不起'……"

---

①《津轻海峡冬景色》,日本歌手石川小百合的代表歌曲,1977年1月1日发行。

一阵沉默。

摆钟嘀嗒嘀嗒,像要打破那层寂静的薄膜,却又无法打破。沉默似乎永无止境。

"她后来爬到后座,帮我一起给朗姆排文稿……身为朗姆的责任编辑,早苗已经给他代笔过好几次了。这也是资深编辑的工作内容之一啊。"

那珂补充道。

克二醒来的时候,朗姆不是在二楼,而是在已经变成尸体的明野身旁。他坐在驾驶座,一边拼命地抓紧方向盘,一边向克二道晚安。

过了一会儿,中迁小声喃喃。

"为什么明野先生要坚持让我们把他送到轻井泽去呢?如果仅仅是为了制造不在场证明,目的地没那么重要吧。"

"他到底是跟谁约好了要见面呢?"

对于这个问题,克二已经有了答案。

主编前往轻井泽是为了当面责备玩弄自己女儿却不负起责任的苫田,还是为了让他保证绝对不会妨碍《漫画》的发行呢……他是觉得就算自己变成了尸体,对苫田也能有所影响吧。

(难道主编死后做鬼,依然是个工作狂?)

这种执念让他不寒而栗。

克二正打算告诉各位共犯,主编当时是约好了要见苫田,却被突然响起电话铃声给打断了。

"您好,欢迎致电'蚁巢'。"

由布子的声音陡然变得亲切,这使她更为妩媚动人。

"哎呀!刚才真是太麻烦了……还喊上我丈夫,真是太客气了。啊,你问绵畑先生?……他在这里。"

由布子捂着听筒,望向克二。

"是苫田先生,他用赤坂公寓的电话打过来的,说让你快去找他。没想到他居然知道你在这里!"

5

克二疑惑,苫田怎么会知道自己在哪里的呢?可更让他担忧的是,为什么苫田要打电话找自己呢?时钟已经指向凌晨两点。对新谷和克二这种奋斗在最前线的编辑来说,凌晨两点还算是晚间活动时间,可苫田这种老骨头早该上床睡觉了。苫田肯定是有什么特殊的理由,才会急匆匆地喊克二这个其他公司的编辑上门。

苫田的公寓建在赤坂一木大道边上,可以说位置绝佳。公寓外墙贴着暗色的窑变瓷砖,自动门上方安装了监控摄像机,高高在上地睥睨着众访客。

克二站在门前,但门就是冷漠地不肯打开。他隔着墨镜般深色调的玻璃向内张望,只见像是管理员的中年男子正在大厅的公告栏上贴着什么东西。

"打扰一下——"

克二姑且打了声招呼,但玻璃的隔音效果似乎很好,男子完全没有注意到外面有客人,就这样离开了。

"这叫人怎么进去啊?"

对了,叫人——应该有办法喊人把自己放进去!

他迫不及待地环顾四周,这才看到墙上并排挂着些对讲机。

(对啊……听说现在的高级公寓,都能在屋内远程控制大门开关。)

他赶忙找到贴着五一二号门牌的分机,按下按钮,苫田的男中音瞬间冒了出来。

"请进吧。"

苫田在屋内开了锁,大门便像摊开的手掌般迎接着克二，十分讨人喜欢。

大厅的地板上铺着柔软的绒毯，走在上面就像踩在羽毛上。克二不自觉地烦躁，路过公告栏时忍不住看了眼内容："由于净水器的问题，游泳池无法在原定日期开放。请注意，池里的水已经排空了。"这个公寓居然有游泳池，简直像是酒店一样……克二闷闷不乐地坐上了电梯。电梯的内饰也并非随处可见的光滑塑料板，而像是涂着深褐色的厚漆，映照出克二那张宛如新生的深海鱼般无助的脸。

五一二号就在电梯间旁边。他正要敲门，门就抢先开了。

"哈哈，我这门开得正是时候啊。"

友竹咧开嘴，露出被焦油熏黄的牙齿。

"怎么是你……"

克二正踌躇不定之时，却听到了意外又熟悉的声音。

"绵畑，快过来。"

通往客厅的门一直敞开着。克二被那声音牵引着，朝客厅走了一步，随即呆呆地站定。

居然是芳贺社长。

他坐在皮革高背椅上，单脚搭着脚凳。

"社长好。"

"这么晚了,还麻烦你跑一趟,真是不好意思。"

芳贺边聊边用眼神命令克二坐到沙发上。

"没想到会在这里见到您。"

"我也是啊。"

芳贺的嘴角浮现一丝微笑。

"我可没打算来找你。"

"克二,我就直说吧……"

不知什么时候,苫田已经坐到了斜对面的扶手椅上。他穿着华丽的格子花呢长袍,手捧鸡尾酒杯,杯中琥珀色的曼哈顿①不断晃动,显得很悠闲。

"你从友竹那里听说了我和樱井香奈小姐的绯闻吧,那都是误会。"

"误会?"

"我一定是疯了。"

友竹笑着插话。

"大家都在说谎,搞得我也讲了些胡话。"

"搞什么啊!"

"没活儿干,我太郁闷了,就想着找点乐子。在情人旅

---

①曼哈顿,一款经典的威士忌鸡尾酒。

馆偷看是真的,但遇到苫田先生,加上他的女人是朗姆的恋人,这些都是我胡编乱造的。"

"……"

"苫田先生已经教训过我了,我也向他真诚道歉,只是万万没有想到,他居然会让我的作品上《少年周刊》!"

"……"

克二沉默不语。《少年周刊》?新谷知道友竹的作品要上刊了吗?恐怕不知道。要等明天,苫田才会向新谷主编提出签约,而且可想而知拒绝无效……后续板上钉钉,友竹的新作开始在《少年周刊》上超规格连载。

"所以啊,你也把那件事忘了吧。"

居然叫人忘掉,简直是不打自招。友竹被苫田收买了。他被连载这一诱饵吸引,摇着尾巴追随文英社的实权人物……这样一来,苫田就可以要求他在面对警察、面对克二的时候保持沉默。友竹喋喋不休地讲着无关痛痒的话,克二突然间感觉和他无比疏远。

可是,为什么芳贺也在这里呢?像是主动解惑似的,芳贺开口了。

"就让绵畑担任全新的系列——'世界童话'系列的主编吧。"

"世界童话"系列啊……克二听说过这样的策划。可是，他纳闷了，居然让我来当主编？

"虽然编辑工作由幻想馆负责，但宣传和发行是由文英社负责的。"

幻想馆和文英社的合作项目！

"内容不必多说，由你全权负责，公司一概不予干涉。"

苫田微笑着说。

"虽然我们有自信做好小说和漫画的出版，但是在普通儿童图书以及超脱世俗的奇幻作品领域，还是难以望见幻想馆的项背啊。"

"特别是你，热衷于开拓这方面，就连做梦素材都是《爱丽丝梦游仙境》。"

"所以，你是最佳人选啊。"

芳贺和苫田都笑了起来。

这些家伙到底在说谁啊……克二感到全身的肌肉急速松弛下来。他茫然地环顾四周，发现客厅的墙壁起伏不停。这是什么地方！一种不可名状的恐惧猛然攫住了克二的心脏。

他发出惨叫，想要冲出诡异的五一二号房间。但事实上，他的手一直牢牢抓着沙发坐垫，视线也无法从两个令人胆寒的男人身上移开。他盯着芳贺和苫田，汗水顺着背脊流淌,好不容易才缓过神来。

"我懂了……社长,原来你也在那里啊……你也在轻井泽,发现主编尸体的那个地方!"

"你说什么?"

芳贺身体瘦削,此刻丝毫没有动摇。

"好吧,那我来按顺序说明。主编为了女儿的事约见苫田先生,但苫田先生心里有鬼,想拉着主编的上司芳贺社长一起,让他当攻击的先锋……提出的条件就是文英社以强大的营销网络做支援,把幻想馆的新系列做大做强。难以置信,幻想馆居然陷入了不得不接受这种条件的困境吗?只是你们两位都没有想到,当在约定的时间抵达主编的别墅时,谈判的对象却已经死了……请放心。"

克二抬手制止苫田。

"我不认为你们会对主编动手动脚,凶手另有其人。"

苫田意外地露出松了一口气的表情。

"你害怕牵连其中,不慎暴露出自己的丑闻,所以就和芳贺社长一同离开了现场。如果友竹在警方面前说漏嘴,提到樱井香奈……也就是主编女儿的名字,警方就能轻松推断出你是主编的会面对象。所以你决定先下手为强,收买友竹,以及听他提过香奈小姐名字的我。"

克二扭过身子，转向友竹。

"你不会害臊吗？简直像野狗一样，看到乱晃的诱饵就扑咬过去。"

友竹背对着克二站在角落的小吧台里，边调威士忌边回答：

"忘掉最好啊……那可是朗姆的结婚对象。如果多管闲事，最终伤的还是她啊。"

"这就是你麻痹自己良心的借口吗？我反对你的想法。对香奈小姐来说，苫田先生可不是普通路人。他是拥有大型漫画杂志的文英社的掌权人。万一风言风语传到朗姆耳中，会是怎样的悲剧呢？恐怕只能忍气吞声了吧。"

克二的声音越来越大，喉咙深处涌出的苦涩堵住了他的口腔。那可是朗姆啊。他不正是杀害香奈父亲的犯人吗！更何况，身为父亲，明野重治郎为了不让女儿伤心，请求众人协助……

"不能忍气吞声吗？"

苫田冷冷地说。

"真是青年人特有的正义感啊，可惜这也太老套了。世界照常运转，含糊其词和模棱两可都是其必不可少的润滑油。"

克二没有理会他的话,而是对友竹喊道。

"你再好好想想吧,就算不上《少年周刊》,也能接到别的活儿吧。你看《漫画》怎么样?只要你有意向,下次我就在《漫画》的编辑会议上提议向你约稿。"

"绝无可能。"

芳贺斩钉截铁地说。

"因为《漫画》已经中止发刊了。"

"咦?"

克二像是被雷击中了一样,晕乎乎的……见他太过惊愕,陷入了痴呆状态,苫田露出苦涩的笑容。

"和你比起来,明野可就成熟太多了。他借女儿之名,强迫要跟我见面,正是为了不顾一切地创办《漫画》……他想利用自己的女儿,推动杂志顺利面世,真是魔鬼啊,他无愧魔鬼主编之名。"

"老实说,想要在幻想馆创办漫画杂志,他有些操之过急了。"

芳贺冷静地分析道。

"无论是在员工方面,还是在经营方面,都操之过急……先说说员工方面,绵畑你想,就连像你这样的反漫画人士都被迫参加《漫画》创刊的工作了啊。"

事情发展到这步，克二也无法再开口反驳了。

"再看经营方面，策划的广告版面就没能填满。本来漫画和童书一样，都是面向儿童的商品，可是在漫画杂志上刊登广告的大多是开发大众商品的公司。幻想馆此前完全不熟悉这部分领域，自然很难接到广告。①纸张大量消耗，油墨的配备，再加上销售……就没一处省心的。所以最终我决定撤退。但在那个时候，明野先生已经开始大力推进编辑活动了，要是实话实说，就他那暴脾气，很可能会影响到幻想馆的正常经营。毕竟身为资深编辑，他拥有一批常给儿童书画插图的信徒，在教育界也说得上话。正当我思考该怎么开口的时候，我接到了苫田先生的电话。他担心《漫画》发刊后，会导致《少年周刊》的市场占有率下降。这通电话来得正是时候。我们商定，幻想馆放弃刊行漫画杂志，作为回报，文英社则要全面协助幻想馆，开展全新的合作项目。

"刚才你嚷嚷着幻想馆陷入那般困境，但在我看来，让公司陷入困境后再慌张的人根本没有资格成为经营者。只有在危机到来之前防患于未然，才能成为资深专家。

---

①漫画杂志是幻想馆的全新业务方向。漫画杂志要想赚钱，就需要刊登广告，而这些广告多是面向大众的产品，例如玩具和糖果等。幻想馆此前没有这方面业务往来，新杂志也没有打出名声，所以很难卖出广告位。

"但是，明野终究只是个编辑。没有出版社给他做漫画杂志，他便一文不值。他不知从什么渠道了解到我和苫田先生的交易……为此打出了王牌。看来他早就知道自己的女儿和苫田先生有过关系，却一直在等待时机充分利用这点。不是作为父亲，而是作为出版业者。明野试图威胁苫田先生，让他取消交易，但苫田先生不会轻易屈服。我得知实情后，便答应一起去明野的别墅。

"然而，我们两人抵达后，却只发现了明野主编的尸体。他把我们俩喊到轻井泽，究竟有什么事情呢……是听说我要将《漫画》扼杀于襁褓之中，想对我无声抗议呢；还是想给苫田套上层杀人嫌疑，在内心高呼快哉呢？"

克二的眼睛就像快要发射子弹的枪口一样，随时都可能喷出火焰，而芳贺和苫田就在这射程之内。

这是可怕而危险的预兆，可惜他还没有注意到。

"我们隐藏事实并没有别的意思，只是出于幻想馆和文英社的商业考量。"

苫田再次强调。

"幸好你相信我们不是凶手。我对天地神明发誓，身为有家室的健全的社会人，我绝不会参与杀人这种残暴的行为。"

克二心想，谁管你啊。《漫画》居然胎死腹中……主编和我为了《漫画》都拼命瞪着眼睛，催促和鼓励漫画家，这一切居然就被你们给抹杀了？没错，你们可能没有杀人，但绝对杀了《漫画》。

"哇！这里真不错啊。"

窗外传来无忧无虑的声音。

"这栋公寓里还有游泳池啊。"

友竹拿着兑水威士忌，从阳台往下看。

"还挺大的呢。"

"也没什么人用。这公寓里的房间基本都是被买来当办公室的，所以到了晚上就没什么人了。"

苫田迈着悠闲的步伐走向阳台。这可不是那种公租房的小阳台。克二看到，阳台空间宽敞，两侧住户间设置了保护隐私的隔断，就连地板上都贴满了几何形状的缸砖。

"游泳池里已经注水了吗？太暗了，我看不太清。"

"应该是有水的。总要在明天游泳池开放前，往里面注好水吧。"

"我看水面正反光呢。"

友竹并没有注意到，其实只是游泳池底积了一点水。他扮作小孩，笨拙地欢呼。

"从这个高度跳下去，就算是小型跳水了吧。"

就在这时，克二仿佛听到了来自另一个世界的嬉闹声。随着声音的节奏，他周围的空间也开始剧烈地扭曲。

空间和空间，彼此混杂、分离、嵌合、剥落。世界上万事万物都失去了色彩。克二茫然地看着阳台，总觉得苫田手上的鸡尾酒杯里盛着脏兮兮的灰色液体。

"恭喜你啊，绵畑。"

芳贺笑着，声音毫无意义地从克二耳畔掠过。克二的视野中只有黑白灰，衬得芳贺社长的牙齿白得发亮。

"这样一来，你总算能进自己憧憬的部门工作了。决定取消发行漫画杂志时，我也松了一口气。幻想馆可是自诩为儿童文化的旗手，虽然知道做漫画赚钱，但是也不想去蹚漫画的浑水啊。"

这就是社长的心里话啊。虽然雇用了主编，但实际上两人立场相对……眼下克二连这样责问对方的气力都没有了，只能像个邮筒一样默默地站着。

"风吹着真舒服啊。"

苫田将酒杯换到左手，招呼芳贺。

"社长也来试试？这自然风可跟空调风不一样。"

他这话听起来好像是待腻了人工控温的房间，简直是"何不食肉糜"啊。不需要空调，住不装空调的房子不就好了呀。

"绵畑，你也过来，我们为光明的前程一起干一杯吧。"

芳贺向克二招招手。克二用疏离的眼神回望他，仿佛第一次见这人。你是谁来着？他刚想问，脑袋就生疼。克二经常遭受一阵阵的偏头痛，已经有段时间了。好痛……好痛……好痛，就像在从头盖骨的某个地方往外呕吐。

"来干个杯嘛！"

友竹突然把玻璃杯伸到克二眼前，映出克二那张失色的脸，显得夸张又滑稽。他回想起来，在电梯内那昏暗的海中游泳的，正是这张脸。你是谁？好痛……好痛……你是谁？

我就是我。

（没错，那就是我啊！）

他陷入无望的挣扎，声音如同悲鸣，痛得要命……那声音仿佛随着脑袋的抽搐，引着疼痛深入其中。

克二抱着一线希望，挣扎着。

如果我现在不能证明自我的存在，那么我就将失去自我。

我是……

我是……

"绵畑，你在做什么啊？来，到这边来。"

芳贺的金牙在背后黑夜的衬托下，闪着耀眼的光。

就是现在。克二突然把友竹推到阳台上，自己也紧随其后挤了上去。阳台只有约六叠大小，站四个成年人就显得很拥挤了。

"哇……绵畑！"

苫田的声音平时如陶器般冷静，此时却突然激动起来。原来，克二手里握着一把菜刀。那把刀是从家庭酒吧的水槽里拿的，看起来很纤细，但也足以吓退普通人了。

"你！你要干什么？快把菜刀扔掉！"

芳贺以社长的权威命令克二，却只得到了笑声回应，把他吓得脸色苍白。

"小绵！喂，振作一点！"

克二耳边响起友竹尖锐的叫声。好痛……好痛……疼痛难消退。不仅如此，他在不断重复的痛苦中还听到了低语声。有明野，有早苗，有柴郡猫，有爱丽丝。他无法分辨幻听，像梦游症患者一样，向前挪了半步。

三人贴在扶手上，无处可逃。

"那家伙……疯了啊！"

友竹呻吟道。

"疯了？搞什么。"

"怎么搞成这个怪样的？说好了提拔他做主编的呀。"

眼前的事态超出了两个企业家所能理解的极限。他们被吓得眼睛无法聚焦,望向克二。

此时年轻人神采飞扬,状态异常。好痛……好痛……强烈的痛感反而使他飘飘欲仙。好痛……克二都怀疑自己的双脚没有踩在地板上。好痛……眼前的三个人,突然看起来就像是无足轻重的生物。他反手关上玻璃门,堵住三人的退路,然后慢慢抬起菜刀,将刀尖对准前方。

"咚咚……咚咚锵……扑哧……扑哧哧……"

克二的嘴不停蠕动着,也不知道他是怎么记住这么多漫画名字的。褒贬不论,大概就像战争世代[1]常常会哼起军歌那样,这些名字就是看漫画和动画长大的一代人身上的记忆碎片。

"世界上的民间故事都化为童话和幻想……只因我的新娘从铁臂阿童木那里得到了彩礼,所以八号超人[2]和甜心战

---

[1] 战争世代,指在第二次世界大战期间度过青春的一代日本人。
[2] 八号超人,此角色出自平井和正与桑田次郎于1963年创作的日本科幻漫画《八号超人》(『8マン』)。

士①就要结婚了吗？或许创作动机是野良黑②和甜蜜小天使③的不健全行为，又有传言说人造人009④和违法犯罪者虎面人⑤受到了文部省的表彰。所以海螺小姐⑥会被阿诚⑦诱惑，咯咯咯鬼太郎的木屐带子断了，哆啦A梦也会以巨人之星⑧为目标吧！如果说田渊和山田君⑨都牵手了，那么超级杰特

---

① 甜心战士，指的是永井豪及其创立的原动力漫画公司共同创作的漫画系列《甜心战士》(『キューティーハニー』)中的魔法少女角色，该漫画系列于1973年至1974年间连载。
② 野良黑，指田河水泡创作的漫画《野良黑》(『のらくろ』)中的角色，该漫画于1931年至1941年间连载。
③ 甜蜜小天使，指赤冢不二夫创作的漫画《甜蜜小天使》(『ひみつのアッコちゃん』)中利用镜子变身的主人公加贺美厚子，目前该漫画已经三次被改编为动画。
④ 人造人009，此角色出自石森章太郎创作的漫画《人造人009》(『サイボーグ009』)，该漫画于1964年开始连载。
⑤ 虎面人，此角色出自梶原一骑和辻直树创作的漫画《虎面人》(『タイガーマスク』)，该漫画于1968年开始连载。人造人009和虎面人均是在反派阵营获得力量后转变为正派人物的角色。
⑥ 海螺小姐，指长谷川町子于1946年发表的四格漫画《海螺小姐》(『サザエさん』)中的主人公河豚田海螺。
⑦ 阿诚，此角色出自楳图一雄创作的漫画《阿诚》(『まことちゃん』)，该漫画于1976年开始连载。
⑧ 巨人之星，指的是梶原一骑原作、川崎伸绘制的棒球漫画《巨人之星》(『巨人の星』)中作为棒球手的主人公星飞雄马，该漫画于1966年开始连载。
⑨ 山田君，此处指的是石井寿一笔下的角色。

和宇宙少年索兰①就是为了爱情而击败巴比伦二世②……到那个时候森林大帝③会喊上排球甜心④亲吻恶魔人吧,而我这个缎带骑士⑤就变成海王子⑥。《神威赛车手》⑦!"

刀刃闪烁着冷光,吓得芳贺等人连连惊呼。他们意识到克二真的疯了……就算想大声呼救,这里也没其他人。虽说楼下有管理员房间,但警卫窝在那个完全隔音的地方,从这么远的地方喊破了嗓子他也听不见。怕不是叫出声的下一秒,刀就会直接刺中呼救者的喉咙。若是三个人同时反击,一定能击落菜刀——不过,没人想冒着受伤的风险主动出手。他们都只在乎自己,无所谓其他两个人如何脱险。

阳台两侧为保护隐私而设置的封闭隔断,此刻却成了让人无法翻越的牢笼。

---

①索兰,此角色出自日本科幻动画《宇宙少年索兰》,该动画于1965年播出。
②巴比伦二世,指横山光辉创作的漫画《巴比伦二世》(『バビル2世』)中的主人公山野浩一,该漫画于1971年开始连载。
③森林大帝,指手冢治虫创作的漫画《森林大帝》(『ジャングル大帝』)中的主人公小白狮,该漫画于1950年开始连载。
④排球甜心,指浦野千贺子创作的漫画《排球甜心》(『アタックNo.1』)中的女排队员角色,该漫画于1968年开始连载。
⑤缎带骑士,指手冢治虫创作的漫画《缎带骑士》(『リボンの騎士』)中的主人公蓝宝石,该漫画于1953年开始连载。
⑥海王子,指手冢治虫创作的漫画《海王子》(『海のトリトン』)中的主人公特里同,该漫画于1969年开始连载。
⑦《神威赛车手》,指日本东映动画制作的日本动画,于1977年播出。

哪里还有退路？

友竹和苫田歪着脑袋，先后俯视游泳池。要是泳池里有水，那或许能行！年轻的友竹率先下定决心。

苫田紧随其后，也翻越了栏杆。到这时候，就连芳贺也因恐惧而失去理智，晚两人一步爬上阳台的栏杆。

然而，他被吓得脸色苍白。

他听到了两声临终前的惨叫，以及骨头碎裂的声音。原本应该已经注满水的泳池，竟然只在底部残留了一点水，恐怕两人在死前都被吓得魂飞魄散了。

芳贺狼狈不堪，正要从栏杆上下来。

可菜刀已经冲到了他的眉间。

"时间快暂停吧！"

他站都站不稳，只能恐惧地看着手握菜刀的克二。就在几分钟前，这个人还从容不迫地说要提拔克二，可转眼间竟气势尽失。

"啊……明野！"

他从喉咙深处迸发出一声难以形容的战栗叫喊。

"别过来！别过来啊！"

他就像看到了亡灵一般，十根手指齐齐颤抖，如同抓着空气中隐藏的存在，随即后仰着坠入黑暗的虚空。

也不知克二能否听到他的惨叫和跌落声。

为何在那一瞬间，他会把克二的身影看成是明野呢？难道是目睹友竹和苫田相继死去，社长精神错乱到出现幻视了吗？不难想象，芳贺当时在深夜的轻井泽意外看见尸体，一定遭受了极其猛烈的精神冲击，这才使得记忆中的影像刻骨铭心。

或者说，克二对社长的背叛极其愤怒，导致从精神到肉体完全与明野同化。不过再怎么说，变成已故的明野模样也太荒唐了。

克二停下了动作。此刻，他只感觉自己隔着一层滤镜在看芳贺他们所遭遇的惨剧，滤镜两边则是不同的世界。

"……"

克二不想看着社长咽下最后一口气，于是默默地转身走了。

他掏出手帕，像是意识到什么似的，用手帕擦干净刀柄，接着把刀放回水槽。然后，他捏着手帕转动门把手，似乎在他的潜意识里曾想过要掩盖罪行。

进房门时，是苫田开的门，在房间里克二也滴酒未沾。就连公寓的管理员都没有注意到他……

不过克二只是表面上冷静，其实他的心脏刚刚差点要飞到空中炸开了，现在好不容易才按回到了身上。这是人出于明哲保身所具有的自私自利的本能。

杀死三个人的事实，似乎暂时性地把他从暗灰色的世界里拽了回来。随着执拗的头痛渐渐远去，他很快恢复了本来的意识，认识到自己闯大祸了。同时，他并不想为这奇怪的犯罪行为赎罪。他仿佛变成了电视剧中被司法机关追捕的杀人犯，无法紧迫地认识到自己的处境，就好像在思考别人的事情一样。

（拜托"蚁巢"的各位吧……我没有被叫到苫田的公寓来，只是喝醉后回到了自己的公寓。当然，作为交换，我也不会暴露把大家推理成杀人共犯的经过……这样一来，只要笙子愿意替我作证，我的不在场证明就成立了……）

6

面朝赤坂一木大道的大楼内，地下一层里混杂着电子音乐的吼叫声和激光的狂舞，形成了一个异次元的空间。

"我啊……"

朗姆一边跳舞，一边轻声耳语。

"什么事!"

香奈脸颊通红,朝他吼道。

"太痛苦了……你还是不知情为妙。"

"什么!我听不见!"

"既然你听不见,我就讲出来吧。我捅了你父亲,但他恳求我瞒着你……他说如果我感到后悔,就好好疼爱他的女儿……可恶,就算变成了鬼,你父亲都不肯解开套在我脖子上的枷锁。"

"你在嘀嘀咕咕什么啊!好吧!怎么能让你一个人在这自言自语,我也有话要讲……朗姆,我啊……其实听得见!"

"啊?拜托你大声点。"

"那可不行。我只敢小声坦白啊,过去颓丧的时候我和文英社的老板做过……明野问我的时候,我理直气壮地承认了。啊哈哈,没想到那个男人会脸色苍白,一言不发。他居然没生气,只是嘱咐我如果有了心上人,到死都不要告诉那人这件事。要是他直接打我一顿,我可能还会稍许把他当父亲看待吧。不过看他这样努力地想要帮我保守秘密,我也在思考着还是听他的意见吧……喂,朗姆。停一停……"

"怎么了?嘴里哼哼唧唧的。"

"我们慢慢挪出舞池吧。上中央高速公路兜兜风,一直开到富士五湖[1]或者关越一带吧。"

正值初夏,天亮得很早。香奈那辆鲜红的跑车如红色的箭般追着东方泛白的天空,在无人的新宿大街上疾驰而过。

"咦,刚才那个醉汉……"

坐在副驾驶座上的朗姆转身向后看。

"你认识刚才那个慢悠悠走在路上的人?"

香奈的声音被风吹得断断续续。

"好像是在《漫画》负责我的小绵编辑啊。这是在回公寓的路上吧?"

他想要再次确认,但那个男人的身影已经缩到了米粒大小。隔这么远居然还能看到他的影子。在东京想要有这种能见度的路况,一天里只有天刚亮的那一两个小时才行吧。

7

克二按了好几次门铃。

---

[1]富士五湖,指位于富士山北麓的五个湖。

"谁啊！"

隔着门传来笙子刺耳的应答声。接着，她似乎从猫眼里确认了一下。

"绵畑，是你啊。"

门链悄无声息地解开了。

"快进来吧。"

虽然把人请进了玄关，但笙子还是一肚子火。

"这么晚了搞什么啊？"

她责问道。

笙子穿着皱巴巴的睡衣，头发也乱糟糟的，看起来比几个小时前在克二房间里的时候老了三四岁。

"杀了……他们……"

"你说什么？"

尽管已经没有多少醉意，克二说起话来还是含糊不清。

"那些家伙……'杀'了《漫画》。主编看得比生命还重的杂志……"

"你到底在说什么啊？"

克二一屁股坐在玄关和餐厅间的台阶上，慢慢悠悠地继续说。

"主编是被朗姆杀害的……"

"果然啊!"

笙子的语气有些激动。

"我猜对了!"

"主编为了《漫画》……原谅了朗姆……但是,主编不可能原谅'杀'了《漫画》的芳贺和苫田。"

"咦?"

听到意想不到的名字,笙子似乎吃了一惊。

"我代替主编杀了他们……哈哈……他们罪有应得。"

"绵畑先生。"

笙子用沙哑的声音喊道。

"难道我听错了?你刚才说,自己杀了苫田先生?"

"你没听错。"

克二眼睛失焦,依次掠过厨房墙壁和酒柜。

"我杀了苫田、芳贺,还有友竹。"

笙子的肩膀猛地颤抖起来。

"别担心,没关系……又没有证据证明是你干的。如果警察问起来,你就说我们一直在一起。"

笙子的声音不太自然。

她突然扑到电话上,用指尖转起拨号盘。

"喂……喂!啊……是你啊!"

笙子的声音变得兴奋起来，可克二根本没听出来电话对面的"你"是指谁。

"咦？警……"

她倒吸了一口凉气，脸色一下子变得苍白起来。

"上岛？清水？啊！那是轻井泽过来的两位刑警吧？他们怎么在你那……"

那两个刑警应该已经离开东京了啊。克二竖起耳朵，听到微弱的回答声。

"他们跟着友竹……然后跟丢了……好不容易才找到这里……结果一看，管理员在闹腾什么……"

原来如此，两人说要回去，其实是胡乱搪塞一下，想让相关者放松警惕啊。克二脸上浮现出淡淡的笑容。大家都是骗子，都在说谎。

"搞什么！"

笙子发出凄厉的声音。

"苫田先生头朝地……掉进了泳池里……"

笙子表现得仿佛忘记了呼吸和心跳。

过了一会儿，她咬紧牙关、手握听筒，对着克二的方向发出歇斯底里的声音。

"杀人犯！"

她好像瞬间站到了克二的对立面。

"苫田先生居然被你杀……杀害了!他是我最重要的人啊!为什么……为什么……"

笙子的眼泪夺眶而出。

克二觉得她的眼泪看起来很美。看来,即使意外发现恋人的真实面目,他也不会再被轻易动摇。

他那玻璃般的灵魂,已经布满了蜘蛛网般的裂缝,精神构造也在不断分裂。

这样啊……所以苫田才知道我在"蚁巢"……友竹的事也是笙子告诉他的。

他的灵魂表层像核桃壳一样硬化且龟裂开。所有这般想法都像气泡一样浮到表层,然后消失。在那期间,笙子依然说个不停。

"当时我带着苫田和芳贺,开车送他们去明野先生的别墅……屋内一片漆黑,所以我们打开餐厅的暖气,等明野先生过来……可是,我突然发现背后客厅里正躺着明野先生的尸体!我被吓坏了,趁着淡季附近没什么人,把他们两个送回小诸,自己则急忙从旁路和关越高速赶回东京。我想如果自己都没有暴露,那么肯定就更不可能有人怀疑到那两个不会开车的人身上……而且正好遇到貘谷先生他们把你抬进房间，就顺势换了身睡衣朝你们怒吼，好让你们以为我一直都睡在隔壁房间里。

"我和苫田先生在一起已经有一年了，但是刚知道他和香奈小姐之间的事。我对此有些震惊，所以才会和你上床，我想这样就和他打平了。"

笙子讲述的时候，眼睛里闪烁着怪异的光，就跟挂在墙上的弗里德里希·施罗德笔下的怪物一样。

"你应该很清楚，我为什么热衷于寻找犯人吧……我只是想帮苫田先生洗清他身上的嫌疑而已。难道你误会了？我对你没有好感。"

克二正想说自己有名字，不叫"你"，却听见有人从背后喊自己。

"喂，你。"

那人喊道。

克二回头一看，是笙子那只长得像柴郡猫的宠物。它满脸不高兴地张着红色的嘴。这只猫是讨厌男人吗？

又有什么东西叫了声。

"说你呢。"

声音似乎来自弗里德里希·施罗德笔下的怪物。他被称为"疯狂画家"，此时画中苍白的月光似乎照进了现实。

"只拿工资不干活的家伙。"

这次是史努比在喊。玩偶流着糖棕色的口水，瞪着克二。

"主编，我没有！"

克二喊道。

他朝史努比的方向走去，碰巧笙子挡在前面，他便伸出手打算把她推开。

与此同时，女人发出了惊恐的叫声。

"救命啊！我要被杀了！"

声音肯定通过被扔在一边的听筒，如实传到了此刻位于赤坂公寓的两位刑警耳中。

克二转过身。

应该有门的地方却看不到门，只见一辆鲜红色的跑车在灰色的马路上拖着长长的影子，正飞驰而去。克二恍然大悟，原来朗姆和香奈就坐在那辆车里。他们有归处，自己却无路可走。

灵魂龟裂得越来越厉害，克二终于完全破碎了。人格被破坏，知识被磨损，理性已消失，情感已扭曲。克二的视线突然落在猫的身上，对方像是发现了一头未知的野兽一样猛地扑了上去。

克二感觉那只猫变得更像柴郡猫了。

别闹了啊，柴郡猫。我是你的朋友，你也是我的朋友，我们一起在梦里游荡，在梦里做梦……

克二用手臂狠狠甩开猫。

随后柴郡猫就像架松松垮垮的橡胶飞机一样慢慢地在空中飞行直到一头撞上衣柜的角落后不情愿地摇了两三次它那酷似婴儿的脑袋连带着胡须也颤抖起来令人怀疑难道是电池没电了才会看起来四肢疲软模样怪诞而不自然此时或许是因为史努比掉在我头上导致我的脑袋开始阵阵抽痛但如果BEI-JO是FRUMUMACKAOMERA那么CRUMHETROJANN自然是HERO①而之所以此后漫画逐渐无限的欢愉令人头痛到难以忍受以至于这地平线上淡淡的曙光日渐遭受埋没如今空余为漫画化感到悲伤……

---

①这里包含两部虚构作者的虚构作品，分别是BEIJO的 *FRUMUMACKAOMERA* 和CRUMHETROJANN的 *HERO*，来自吾妻日出夫的同人创作。作品被制作成类似海外翻译文学书的样式，原文所用的乌隆语是虚构语言。

第 V 章

不可思议之国可喜可贺

Alice was beginning
to get very tired of sill
by her sister on the
and of having nothing
do: once or twice she ha
peeped into the book
sister was reading, but
s. in it, and where is
without pictures or con

红心扑克士兵高声吹响号角,克二和爱丽丝的婚礼再次开始。空气中洋溢着欢天喜地的气氛,皇宫宽敞的大厅里挤满了前来目睹这一世纪盛典的人和动物。

在胡子老爹的斡旋下,手冢一座的朋友茶水博士担任第二次婚礼的牧师。博士穿着一身新鲜搭配的衣服,看起来比新郎新娘还要兴奋。他的大鼻子兴奋到要冒烟,嘴里还不停重复着主持词。

皇后夫妇也和睦地靠坐在一起,看起来心情很好。如果用挨着蝈蝈儿的河马来形容这两位,那应该是大不敬吧。

胡子老爹和喵罗如今也作为亲友共同参加了典礼。姑且不提前者那不堪入目的歪斜领带，瘦弱的裸猫似乎更是不适合参加这种神圣的典礼。可是，猫本来就不穿衣服，就算套上法袍也无法改变喵罗的本质。

喜事就是喜事喵。喵罗自信满满地笑着接受皇后的审视，皇后殿下同样"凤颜大悦"，仿佛无事发生。

后面耸立着的近卫兵自然是铁人28号，在他脚边还站着个熟悉的面孔，原来是正太郎。虽然受皇后殿下怂恿交出了铁人28号，但正太郎还是十分担心，紧随其后来到了仙境。

在他旁边，有个女孩微笑着，挽着正太郎的胳膊。她面色红润，长着一头美丽的金发。不必看她肩上的小狗托托，就能认出她是多萝西。她的房子又被飓风吹跑了，这才一路追着房子出现在了这里。

这时，传来一阵叮叮当当的刺耳声音。

"嘘！"

经多萝西提醒，疯帽匠和三月兔急忙把茶杯藏到身后。爱丽丝参加茶会的时候发现，喜欢无视逻辑、强词夺理的疯帽匠他们，很不擅长应对在堪萨斯州长大的性格倔强的多萝西。

以多萝西的提醒声为引子，婚礼进行曲正式开启演奏。

克二和爱丽丝慢慢走向临时牧师茶水博士。

爱丽丝在左　　　　克二在右
　　　　　彼此
　　　牵着对方的手
一步……
两步……
三步……
隔着令人焦躁的时间间隔不断前进。
克二的脸颊
　　　的白色婚
　　纱
爱丽　　轻轻抚摸　　，无意中　　克二的胸
非常激动。
咚咚咚
　　咚咚咚
咚咚咚
　　　咚咚咚

克二那柔弱的心脏①似乎因兴奋而翻转。

此时仿佛有一个沉着的克二和另一个克二共同小声地对克二说。这里已经没有满是欺骗、阿谀、奉承、嫉妒、虚情假意的三维世界生物了。看吧克二,真是太好了。

在渡渡鸟和狮鹫之间,有几个克二的朋友代表刚刚赶到。岛村乔挥舞着红色围巾,应该是借助了人造人009强大的加速装置,这才第一个赶到。

紧随其后的是刚刚收起恶魔之翼,变回少年不动明②模样的恶魔人。狮鹫看着他从天而降,惊讶于还有人会这种怪物的拿手戏。另一位大明星则是来自《自弃天使》③的阿素湖小姐,她笑容可掬地站在穿着西装三件套的白兔和牛头龟背的假海龟④之间,看起来还在犹豫着:自己是贴近看起来很有钱的白兔呢,还是贴近富于野性的假海龟呢?

---

① 此处日文原作中的日语汉字"心臟"为倒置。应为作者根据此句的"翻转"一词,玩的文字游戏。
② 少年不动明这一角色出自日本漫画家永井豪的漫画《恶魔人》。该漫画于1972年开始连载。
③《自弃天使》,为日本漫画家吾妻日出夫创作的漫画,该漫画于1975年开始连载。主人公为阿素湖素子。
④ 刘易斯·卡罗尔的《爱丽丝梦游仙境》中的角色,灵感来源于历史上的某肴假海龟汤。当时英国上流社会流行吃海龟汤,吃不起真正海龟汤的人就会吃用牛肉替代海龟做成的假海龟汤。

突然，多萝西肩上的托托惊恐地叫了起来。在他们面前的空间，出现了一个幽灵般朦胧的身影。那身影收缩、凝固，变成了猫的形状……原来，那是柴郡猫！

"喵罗！你还没死啊喵！"喵罗完全忘记了自己正在参加典礼，不禁脱口而出。

柴郡猫笑嘻嘻地，带着像要吃人的笑容回答。

```
梦 想 不 会 消 失 也 无 法 出 借
不 的           去           过 微
去     里         宝           来 弱
追         面 贵     的           的
嫌         诞 的 人               理
烦 恼 和 愿 望 生 出 来 的 梦 想
者             真 命 的           之
无         生     也 我           灯
异         不         能     出 点
于         如         复     自 亮
死 神 不 理 猫 活 到 恍 然 如 梦
```

"总之就是这么回事。不光是我,这里的所有人,梦中世界的居民,以及那些无法做梦的石头们,都将无视自然规律继续活下去。不管是被责难还是被无视,不管是被审判还是被焚烧与被撕裂,都注定会被复活的!"

被杀害的柴郡猫回来了,这也是一项不可思议的奇迹。话说回来,这里本就是不可思议之国。克二在心里暗想,如今我已经不会再对这些不可思议之事感到不可思议了。

梦啊……

那边才是真正的噩梦吧。克二被卷入人类世界寒冷刺骨的杀人事件,最后连自己的双手都沾满鲜血,最终以悲剧落幕。

对啊,那件事对我来说完全就是一场梦吧。如果我住在梦里,那么那边是梦,所处的这边才是现实。爱丽丝是我的爱妻,胡子老爹和柴郡猫是我的好朋友。

哦,现实是多么美好啊!

你们这些在噩梦中不断爬行,可怜又渺小的人类啊,你们简直一无所知。你们就从没有想过,不可思议之国真的存在吗?

再见啦人类,我再也不会回到你们的世界了!

克二紧紧牵着爱丽丝的手,用力地做了个深呼吸,然后走到了神的宝座前。

　　就这样收尾吧
　　我亲爱的孩子们
　　虽然看起来装腔作势
　　也有些得意而忘乎所以
　　推理和文字游戏均献丑了
　　落笔写成异乎寻常的小说
　　但是好在两人总算修成正果，永远、永远……幸福地生活在一起
　　永远……如此便不会终结！永远①

---

① 日文原作此段为用日文排列的不规则文字图形，此文字图形疑似日语"おわり"（意为完、结束、终结）。另，将此文字图形附于后页。

これでおしまい
よいこのみなさん
きどってはみたけど
いきがってもみたけど
がらにないしょうせつで
すいりだじゃれはじかいて
からくもめでたくなりまして、ふたりのしあわせいついつまでもいつまでも いつまでも いつまでも いつまでもいつ いつまでも これじゃおわらない！

译后记

爱丽丝梦境事件背后的迷幻异彩

木海

爱是一切的开始

相信看到这里的朋友都已经看完了这本小说。我想大家一定能体会到这样一本小说想要面世,实在是困难重重吧。需要无数相关者的爱和付出,文字游戏、戏仿用典、时代感等都是翻译难题。在刚刚翻页过去的故事结尾,一长串文字排列成日文中的"完",但由于汉化后重复的字符排布会太过紧凑,最终我们无奈选择了保留原版的文字图形样式。像这样的遗憾,或是反之呈现的精巧,连同一些作为译者的感受和解说,都会写在这篇译后记中。

作者辻真先非常熟悉《爱丽丝梦游仙境》的故事,朝日有声杂志出版社曾经于1973年和1983年出版了他改编修订的《爱丽丝梦游仙境》。他出生于1932年，国内读者最熟悉的可能是他以牧萨次的笔名创作的长篇小说《完全恋爱》，这本推理小说击败连城三纪彦的《蜜》以及三津田信三的《如山魔嗤笑之物》等作品，最终获得第九届本格推理大奖。然而，他在推理小说之路上获得的第一个重要奖项却是来自《爱丽丝梦境事件》。本作最初出版于1981年，夺得了第35届日本推理作家协会奖。此后，分别于1986年、1990年、1997年、2021年不断推出日文新版，跨越四十多年而历久弥新，如今终于能够被翻译为另一种语言，吸引全新的更广泛的海外读者。近年很多关心日系推理的读者熟悉这员老将的名字，很可能是由于他在2020年凭借《不就是杀人吗》横扫推理榜单，夺得了三个榜单的第一名。

　　辻真先除了创作推理小说外，还长期参与动画剧本的撰写，《爱丽丝梦境事件》中提及的《铁臂阿童木》《哆啦A梦》《恶魔人》《海螺小姐》《咯咯咯鬼太郎》《人造人009》《虎面人》等作品的动画版制作中都有着他的身影。除此之外，他还参加了《聪明的一休》《名侦探柯南》《鲁邦三世》等一系列知名动画作品的制作。书中提及的此类作品多出现在第4章，精神异常的克二如同报菜名一般吐出一大堆漫画和动画的名字，就像是印刻在记忆深处那样，正反映出作者对于这些文化作品的喜爱和痴狂。书中提到做漫画赚钱，做良心书却赚不到钱，以及漫画并不被当作主流文化认可等内容，想来也都是作者本人苦涩真情的流露吧。

从标题到内容，本作《爱丽丝梦境事件》与童话《爱丽丝梦游仙境》紧密关联，可以说是《爱丽丝梦游仙境》的同人创作。

首版《爱丽丝梦游仙境》出版于1865年，至今已有一百六十年。作者查尔斯·路德维希·道奇森身为牛津大学数学系教授，只是在闲暇时创作了这部儿童文学作品。当时他一定想不到，该作品发表时的笔名刘易斯·卡罗尔反倒会比他的真名要更为传世。

卡罗尔喜欢给小女孩拍照，爱丽丝就是他的最佳模特，他的缪斯女神。1862年，卡罗尔和爱丽丝一家去郊游划船，爱丽丝求他讲个故事，于是他就现编了个"小女孩掉进兔子洞"的故事。后来，在爱丽丝的强烈要求下，他才把这个故事给写了下来。可惜，1863年，爱丽丝一家就和卡罗尔断绝了关系，后来的研究者猜测，卡罗尔可能是亲了爱丽丝，或是向爱丽丝求婚了。当时英国处于维多利亚时期，女孩要等到十二岁才能合法结婚，而1863年时爱丽丝刚刚十一岁。

不管现实如何，卡罗尔在小说中描绘了这样一幅形同求婚的画面：爱丽丝拿出一枚顶针，渡渡鸟接过顶针，再给爱丽丝戴上。这个剧情中的渡渡鸟就是卡罗尔本人的化身，他和这个角色一样患有口吃，介绍自己的名字时（道道道奇森）听起来就像在介绍自己是渡渡鸟。

现实中，卡罗尔终生未婚，而爱丽丝却早早嫁了人。这段始于忘年交的关系被无数后人研究揣摩，但真相终究是消散于黑暗中。不过，同人创作者们完全可以大胆设计剧情。在《爱丽丝梦境事件》中，辻真先直接把爱丽丝设为新娘，从故事一开始就让原创角色克二在迷迷糊糊中与爱丽丝举办婚礼，而故事的最后也以热热闹闹可喜可贺的婚礼作结。

在《爱丽丝镜中奇遇记》的最后，卡罗尔把爱丽丝的名字（Alice Pleasance Liddell）藏在了诗中。本作的结尾部分同样藏有作者辻真先的初恋，但这位初恋不叫爱丽丝，她的名字出现在了作者的另一本于1975年出版的作品《暂题・中学杀人事件》中，也是那部作品的主角、作者的化身牧萨次在小说剧情中的初恋。当然，这种隐藏的名字在翻译为其他语言后很难重现，也很难特地为此原创一首小诗，所以只能遗憾放弃了。

华丽的文字游戏

作为童话,《爱丽丝梦游仙境》的创作背景和文字表达其实有些门槛,以至于原汁原味引进时需要加上不少注释。卡罗尔笔下的内容有着浓郁的时代和个人特点,他融入了维多利亚时代的风土人情和英国历史文化知识,并创作或化用了很多独特的文字游戏。辻真先在创作《爱丽丝梦境事件》时,同样设计了不少类似的文字游戏(包括上面提及的结尾处的设计),给翻译带来了不小的挑战。

首先是开头的小诗,如同二维世界的密室般"藏头封尾",以标题"爱丽丝之国的杀人事件"为四面的墙壁封住本书介绍宣传,展现出"密室"和"反转"的卖点,可以说非常吸睛。

之后正文中的文字接龙也是十分独特,翻译时费了不少时间和精力。英文和日文都是表音文字,基本上以范围较为局限的单个读音作为句首句尾完成接龙,而中文作为当今世界上唯一正在大范围使用的表意文字,只能以单字作为接龙的最小单元。要符合整个字的音,而在这个最小单位内可能会包含多个音节(除了"啊"等少数情况),变化运用更为复杂。为了降低难度，同时让译文更加流畅，在翻译时也适当采用了"尸体""犯人"这类关键性词组进行连接，并且没有严格按照日文的分句进行翻译。在最后，"锵锵锵"除了作为宣告接龙结束的锣鼓声，同时还暗含着日文接龙中的一个常见规则：以特殊的"ん"音结尾时，游戏就结束了；游戏进行的过程中不允许以"ん"为词句结尾。

同样在第Ⅱ章中，还有很多谐音双关。例如"危险"和"没有虻"发音相同，"蜘蛛"和"云"发音相同，就像脑筋急转弯一样，从另一视角看普通的文字，带来鸡同鸭讲的滑稽幽默。同样是第Ⅱ章，爱丽丝说道"是猫就要有点猫样啊"之后，两人对话中的表达就都带上了"猫"，文化气息浓厚的谚语和俗语令人目不暇接。

除了谐音双关，本作中还用到了句义双关，"首を切る"有解雇和斩首两种含义，疯帽匠听到皇后要砍他的脑袋，顺势道出自己是个被解雇后才去卖帽子的可怜人。最后一种句义破音双关自然也有出现，例如"假海龟汤"在维多利亚时代是"假/海龟汤"（吃不起真正海龟汤的人用牛肉替代海龟做成的汤），而在爱丽丝的故事里这个词被拆解为"假海龟/汤"，生造出了牛头龟背的"假海龟"这一生物。

进入第Ⅲ章中，第Ⅱ节就出现了一首很长的需要押韵的打油诗，在日文中全部都是以"Mi"音开头，几乎都是以"Ta"音结尾，并没有完全限定字数，只是把每句话分成了三个分句。在中文翻译时，完全重现开头同音很困难，结尾则均押"i"的音。最终这首诗分成了两段处理：第一部分"众人皆有所耳闻……这情况何等离奇？"以"7+7+7"（均指字数）的分句形式，第一分句的第6个字和第二分句的第4个字均定为"不"，主要介绍事件的悬疑和神秘；第二部分以"6+7+8"的分句形式，所有分句都押上"i"的音，把喵罗的推理过程和结论展现了出来。

紧随其后的剧情中，白兔展开羊皮纸喊证人名字，这里用到了卡罗尔发明的名为"Doublet（重复排版）"的文字游戏。游戏规则是给出两个字母数相同的单词，每次只能改变前一个单词中的一个字母，最终通过数次转换变出后一个单词来。这个游戏的难点在于，中间插入的这些单词也都需要具有意义。一个经典的例子是把"HEAD"换成"TAIL"，参考答案为"HEAD（头部）→HEAL（治疗）→TEAL（野鸭）→TELL（告诉）→TALL（高大）→TAIL（尾巴）"。和接龙类似，这个文字游戏在中文里也很难处理好，最后只能比较模糊地以发音变换的形式完成中间过程的变化。顺便一提，卡罗尔出在杂志*Vanity Fair*的文字游戏题目，两个词之间也都有着独特的逻辑关系，例如"把PIG（猪）赶进STY（猪舍）""把PEN（笔）浸到INK（墨水）""把HARE（野兔）做成SOUP（汤）"等。

喵罗的总结陈词同样是个很奇特的打油诗，从以"一"开头的"一言以蔽"开始，开头数字逐渐攀升至"十"，同时字数先增加后减少。其实在日文版中没有对字数做出严格限制，这里可以看作是中文版的巧思。最后柴郡猫复活时也带来了"米字形"填字游戏般的打油诗，描绘了梦想和生命间的关系。

第Ⅳ章的第Ⅲ节中有段文字游戏，表示法庭上所有的人都出现了语言障碍。这里作者有两类处理，一类是把长句子给缩写简化，一类是把两个词混在一起后分开。如果完全按照原文，那么"警察"和"卫兵"两个词交换第二个字后变成"警兵"和"卫察"，但是在中文版中为了增加趣味，以另一种方式颠倒错乱，形成了"冰茶（兵察）"和"味精（卫警）"，再加上把缩写简化后的内容均套上"蛋"（变蛋、毒蛇蛋、旺鸡蛋），简直就像来到了恶魔的茶会。

在日本，井上夏、泡坂妻夫、西尾维新等作家都常常在自己的作品中使用文字游戏，可以说是拓展了日文可能性的边界，常常能够给阅读者带来无比新奇的体验。希望在看过本作后，各位读者能喜欢上文字游戏，也能够在发现译后记小标题的特殊设计后会心一笑。

逻辑丝织般缜密

《爱丽丝梦境事件》有着令人津津乐道的"梦境＋现实"双线叙事，虽然并不是传统意义上的"元小说"，但也有着打破虚构与现实之间界限的魔力，影响了此后的很多作家。有猜想称，作为现实生活的延续，人们进入梦境后便处在与现实维度不同的世界中，这正迎合了小说中主人公从现实（三维世界）穿越到梦境（二维世界）的剧情。

现实线中，童书编辑克二被调到全新成立的漫画组，筹备漫画杂志创刊工作。然而，他的兴趣与心思并不在漫画上面，向作者催稿不得要领，与主编的关系也很尴尬，甚至借着酒兴在小酒吧里吵起来。没想到次日就传来了主编遇害的消息，凶手的身份却隐藏在迷雾中……

梦境线中，克二正在与爱丽丝举办婚礼，却突然被指为谋杀柴郡猫的嫌疑人，接受了一场荒唐的审判，可没想到真相却更为荒唐可笑……

还是先来看梦境线的逻辑处理吧。

在卡罗尔的原作中，角色们看似胡言乱语、逻辑混乱，但其实他暗中介绍了一些逻辑思考的方式，主要为逻辑三律。这是逻辑学的三条基本公理，即同一律、矛盾律和排中律。

首先看同一律。《爱丽丝梦游仙境》中，国王正要审判谁偷吃了馅饼，但在第一个证人疯帽匠登场后，却扯着他问了些关于茶会和帽子的细节问题，并没有保持思维对象的同一。《爱丽丝梦境事件》中，皇后审问克二时刻意曲解克二报上的名字，被爱丽丝用"啊，令人尊敬的太阳，您是我们不可思议之国的骄傲"这句话奉承化解。此时无论是太阳还是骄傲都指向皇后，若是照着字面分开看待便会陷入谬误，这里爱丽丝也是运用类比论证带克二脱离危机。

其次是矛盾律。《爱丽丝梦游仙境》中，公爵夫人先是说只有柴郡猫会笑，后面又说是猫就都会笑，给普通的猫同时赋予了会笑和不会笑的两种矛盾属性，实在是可笑。《爱丽丝梦境事件》中，胡子老爹分别问询了疯帽匠和三月兔有关茶会上的细节，表面上两人回答相同，但是疯帽匠说地震发生在第三次往茶壶里倒热水的时候，而三月兔说是发生在第四次的时候，两人回答显然矛盾，这样就顺利抓到了推向真相的关键点。

最后是排中律。《爱丽丝梦游仙境》中，爱丽丝在看到蛋糕上的"吃我"两个字时只考虑了变大和变小的两种情况，恰恰忘记了最普遍的"吃完蛋糕既不会变大又不会变小"的情况。《爱丽丝梦境事件》中，第二个证人三月兔试图推理柴郡猫的死因：自杀、他杀、意外死亡还是过失致死。在排除意外死亡的选项时，三月兔谨慎回答不太可能，可喵罗直截了当地排除掉了这一正确选项，因为并没有排查清楚其他凶器的可能性。另外，造成地震冲击的除了小屋还有铁人28号，对地震由来的可能性分析不足也是前面推理中的疏漏，直到胡子老爹侦探登场才得以清晰。

除了逻辑三律，我们还能看到"循环论证"的运用。《爱丽丝梦游仙境》中，国王先咬定杰克是写信的人，再根据信上没有签名来证明他心虚，把待证的问题作为结论使用。类似的，《爱丽丝梦境事件》中，喵罗先假定异乡人克二是犯人，再根据二维世界与三维世界不同的特点来证明只有克二才能完成密室的诡计，同样存在逻辑上的问题，好在后来通过反证法得到了完全不同的结论，这才洗清了克二身上密室杀人案件的嫌疑。

在《爱丽丝梦游仙境》中，卡罗尔设计了一个有趣的逻辑讨论题，即如果柴郡猫只有头没有身子，那么还能够"砍掉它的脑袋"吗？围绕这个问题，刽子手、国王、皇后和爱丽丝都从自己的角度做了"解答"。而在《爱丽丝梦境事件》中，柴郡猫登场时就是一具尸体，直到最后才复活。那么既然不存在真正的死亡，仙境里也就不存在真正的杀人事件了吧？

《爱丽丝梦境事件》中，疯帽匠讲了个简单却又荒谬的"三段论"：因为被告是人类，而我不是被告，所以我不是人类。在《爱丽丝梦游仙境》中也有着类似的设计：因为所有蛇都吃蛋，而爱丽丝吃蛋，所以爱丽丝是蛇。但是，逻辑推演过程中并不能将"吃蛋"扩大到"所有吃蛋的动物"，将包含对象或范围意义外延，最终造成错误。也可以理解为换位法的错误，"蛇都吃蛋"显然不等于"吃蛋的都是蛇"。同样的，"被告是人类"不等于"不是被告就不是人类"，"人类是被告"的换位本身就是完全错误的。

讲了这么多孤岛般独立的逻辑问题，其实现实线中才是更注重整体的伏线布局，带来逻辑贯通的爽快感。

针对命案发生的那一夜，如何在有限的时间内连接最后目击处小酒馆与实际丧身处，进行了详细的交通工具时刻表推理，而最终的关键也确实落在了时间和地点上。

无论是作为线索的刀和弹珠，还是直接作为破绽的换灯具，从细节处着手的各种设计把听上去很荒谬的"搞混露营车内饰和小酒馆装潢"给写得非常具有说服力。从朗姆炫耀露营车开始，警觉的推理读者其实就可以留个心眼了，这些细节也让后面的推理更具备公平性，实在显现出作者的功力。

2019年，作为对日本推理文学的发展做出过显著贡献的作家，辻真先获得第23届日本推理文学大奖。

带读者梦回过去

前面就有提及，本作最初出版于1981年，距离现今已有四十多年。现实线中的故事背景正是在1981年春，我们可以从书中的几个细节推理得到。首先最重要的是"关越道已经通车到前桥了吧"这句，因为关越自动车道的东松山—前桥段于1980年7月通车，而本书初次出版于1981年4月。其次，无论是关于水厂员工来轻井泽打开用水阀门的剧情，还是"春情猫"等关于春天的描绘，这些细节就限定了故事发生在1980年7月至1981年4月间的那个春天。

随着时间的流逝，世代的代沟，有些充满时代特点的设计也给翻译带来了挑战。像是提及山口百惠的类比，以及当时新宿黄金街建筑形似口琴等的理解，也多亏了有日本朋友的帮助，在本文的结尾处再以专题感谢。当然，过去的思想看法与现代社会相比也可能有所不合时宜，还是需要理解当时的社会环境和文化背景，不可断章取义。

本书中大量文化背景都来自1960至1980年，当时漫画作为普通民众的娱乐而火爆流行。我们稍微把时间倒回一点，1945年日本战败，第二次世界大战正式结束。本作中也借着角色之口道出"战前人与人之间关系很密切""战争世代常常会哼起军歌"这些不同特点，更多面向"团块世代"（1947年至1949出生）和"冷漠世代"（1950年至1964出生）。站在未来的视角上，当时日本还没有经历泡沫经济时代，正从战后的阴影中逐渐走出，迅速拥抱现代化的潮流。

1945年至1950年，由于战后美国的管控，战争、体育、武士道等题材的漫画在日本被禁止出版，之后少年漫画杂志才开始大量涌现。在那个时代，日本纸张紧缺，用劣质草纸印刷的漫画便成为了一代人记忆中的娱乐。在漫画发展普及的同时，1955年，"扫除不良书籍"运动达到顶峰，大量漫画书被集中焚毁。1959年，讲谈社的《周刊少年杂志》和小学馆的《周刊少年Sunday》创刊（这两本杂志在第2章也有提及），后来与1968年创刊的集英社《少年JUMP》并称为日本的三大周刊少年漫画杂志。当时电视正在推广普及,每月更新已经无法满足需求,为了抓住读者,新创刊杂志都采用每周发行的模式。这时候,战后生育高峰期带来一大波新读者,《周刊少年Sunday》上刊登的手冢治虫、藤子不二雄等名家作品俘获了大批读者的心。《周刊少年杂志》紧随其后,靠着《巨人之星》等热血体育竞技作品火爆畅销。在这期间,关西的剧画作家也开始闯入市场,这里就不多展开。

《少年JUMP》创刊较晚,但从创刊开始连载的《破廉耻学园》可以说是一炮走红,永井豪激进的漫画剧情在日本引起争议,也塑造了早期《少年JUMP》的独特个性。同时,《少年JUMP》推行"作家专属制度"与"调查问卷至上制度",前者与本作中挖掘起用新人作者息息相关,而后者更是在文中直接介绍,被评价为"比电视收视率更为严峻"。对作者来说,这种模式受制于市场,经常会出现中途腰斩或者江郎才尽也无法完结的悲剧。

1979年,《机动战士高达》《银河铁道999》公映,这才标志着成人世界开始认可动画和漫画,跨媒体合作也变得更为紧密,本作中克二的烦恼也是这一时期冲突的集中表现。

虽然是本作出版后的事情,但是1983年开始播出的日本动画片《不可思议之国的爱丽丝》,同样以其高质量的改编再次在日本乃至世界范围内掀起爱丽丝的热潮。而在1985年，谷美惠改编的漫画版《不可思议之国的爱丽丝》正式出版。

日本漫画的历史离不开手冢治虫。1947年，他的《新宝岛》开创了重视故事的全新漫画模式，奠定了现代日本漫画的形式，1963年，他推动日本第一部长篇电视动画《铁臂阿童木》面世。手冢治虫逝世于1989年，本书首次出版时他还在世。尤其特别的是，作者的好友吾妻日出夫同样以真名出演，负责了一段重要剧情的推进。本作中提到"'卡特莱亚'，是车站附近的一家咖啡店，吾妻自己在琢磨点子和文稿的时候也经常去那里"，这点也跟现实中情况相同，一下子模糊了虚构与现实之间的界限。1979年，他创作的同人志《吉卜拉》（Cybele）开启了萝莉题材热潮，其中就有一篇文章介绍了刘易斯·卡罗尔和弗拉基米尔·纳博科夫，并配上了《爱丽丝梦游仙境》和《洛丽塔》中女主角的插图。

2019年10月22日，辻真先在网上悼念吾妻日出夫逝世时这样写道：漫画史上我知晓的那一页悄无声息地合上了。我不禁回想起了拙作《爱丽丝梦境事件》最后，与不动明以及岛村乔他们一起赶来的自弃天使。请安眠吧，带领我爱上超现实科幻萝莉的人啊。

丰富的仙境戏仿

很多推理小说都直接提起《爱丽丝梦游仙境》,像是《献给虚无的供物》和《黑猫馆事件》。即使没有指名道姓,但很多时候从场景的布置和极具特色的角色上,也能看出是在致敬《爱丽丝梦游仙境》,例如埃勒里·奎因的短篇《疯狂下午茶》、岛田庄司的《黑暗坡食人树》以及柄刀一的《亚利亚系银河铁道》。

从类型上看,《爱丽丝梦境事件》其实可以算是特殊设定系推理小说,近年来的设定系推理热潮起于2017年出版的今村昌弘的《尸人庄谜案》,此后集中涌现出众多佳作:阿津川辰海《星咏师的记忆》、早坂吝《侦探AI》、方丈贵惠《孤岛的来访者》、桃野杂派《老虎残梦》、白井智之《象首》等。但其实,更早的一次热潮起于米泽穗信的《折断的龙骨》,自2010年起几乎承接到2017年。更接近本作的致敬戏仿均出现在这一时期,它们沉浸于爱丽丝之国的迷幻世界,甚至同样与现实产生联系,产生意外新鲜的效果。

早坂吝的《爱丽丝罪恶奇境》出版于2016年,而小林泰三的《谋杀爱丽丝》出版于2013年，两本作品的简体中文版也分别于2022年和2023年出版。在日本先出反倒在国内后出，可以说是溯着这条路径领略类似而又不同的风景。

　　这三本书都有着荒唐不羁的一面，又在滑稽幻想的表面下重视逻辑推演，具体到细节上却有着很多不同。例如，21世纪以来的这些设定系推理重视设定本身的公平运用，导致常常会出现特殊能力的道具化。在《爱丽丝罪恶奇境》与《谋杀爱丽丝》中，都用到了原作中的变大变小药，直接导向了犯罪或破案。在《爱丽丝罪恶奇境》中，早坂吝化用了原作中的神秘谜题：为什么乌鸦像书桌？而两者都发现文字游戏和死亡留言更加般配。

　　随着时代的变化，两本新作更重视解谜的乐趣和叙述性诡计等技巧，运用起超自然要素更为得心应手，相应地也战略性放弃了时刻表的不在场证明和警方探案的部分。

　　以《谋杀爱丽丝》为首的谋杀童话系列有一大设定上的特点：现实世界和梦境世界产生映射关系，两边的居民一一对应，在一边死去后另一边的化身也会遭遇同样的死法。不过追根溯源，这个设定还是受到《爱丽丝梦境事件》的梦境线与现实线交织的影响。

童话外残酷事实

弗洛伊德曾称，人类的梦境其实是在本能欲求无法满足后，"潜意识"伪装表达的产物。所谓的高级智慧生命，依然受到本能主导。弗洛伊德出生于1856年，与卡罗尔同样生活在维多利亚时代，当时人们极其讲究禁欲主义的道德观念，压抑自己的天性。英国借着工业革命高速发展的同时，也加大了社会的贫富差距。相类似的，日本在二战后的阴影下迅速重振旗鼓，高速发展经济，同时也带来了一系列问题。可以说，英国维多利亚时代的压抑和日本战后时代的压抑是一脉相承的。

在整个时代隐藏的疯狂下，卡罗尔或是克二只是被压抑到扭曲的普通个体。他们过多地与孩子接触，很大程度上是由于不善于社会交际。相比于复杂的成年人，孩子的世界更加纯真朴实，更容易贴近内心。他们其实不想长大，卡罗尔沉迷于照相技术，想要透过镜头留下爱丽丝最美的少女时代，而克二随着年龄增长不断购入《爱丽丝梦游仙境》，不断与在书中的爱丽丝重逢。他们固执地想要留住童年，想要守住自己内心的田园牧歌，通过孩子的眼睛批判成人的世界。面对混乱而暴力的外部世界，卡罗尔选择留在象牙塔内，最终成功留在牛津大学教数学。

自然，人类不能没有梦，否则只会加速崩溃。

本作的梦境线中，虽然一开始克二便被卷入杀猫事件，氛围一度很紧张，但是最后就连遇害的柴郡猫都不合常理地复活了，风格显得奇幻而活泼，相比较之下现实线的事件要比梦中残酷得多，尽显人类丑陋的自私和欲望。

眼见残酷的现实，克二终于崩溃了，他被卷入寒冷刺骨的杀人事件，连自己的双手都沾上鲜血，最终以悲剧落幕。所以在小说的最后，克二内心认为现实世界才是真正的噩梦，精神世界彻底颠覆翻转，"如果我住在梦里，那么那边是梦，所处的这边才是现实。……哦，现实是多么美好啊！……再见啊人类，我再也不会回到你们的世界了！"

在《爱丽丝梦游仙境》的最后，卡罗尔才揭晓爱丽丝是冒险，是一场梦的现实。而在本作中，原本就以梦境形式呈现的剧情却被认作事实。或许我们可以说，与爱丽丝完成婚礼也好，将梦境与现实翻转颠倒也好，都是让真先在满足卡罗尔被压抑的梦想与遗憾。

美好的童话放在现实中也难免显出冷意，爱丽丝的衍生物除了文艺作品甚至还包括疾病的命名。爱丽丝梦游仙境症是一种罕见眼疾，病人的时间感、空间感和身体五感知觉被扭曲后，产生一系列妄想或错觉。本文中克二看到闪辉性暗点，与爱丽丝梦游仙境症有类似处却不尽相同，最终他在幻听和幻视中遭受精神分裂症的折磨。

结尾是致谢信件

首先，我想要感谢浙江文艺出版社的编辑邵劼。

我并非科班出身，本职工作与文艺无关，只是单纯热爱着推理和科幻等类型文学，翻译过几个短篇。与其他译者相比，我的履历未免有些相形见绌，然而他依然鼓励并支持我挑战自我，最终完成了这次翻译工作。本职工作繁忙时，外出休假时，遇到文字游戏太过头疼时，我常常中断翻译，甚至中间穿插着翻译了其他的短篇，但他始终没有催稿，给我留了充足的时间。

同时，也非常感谢出版社三审三校和后期营销宣发等环节的各位老师，或许我对你们不熟悉，但我非常感谢大家能够共同努力，将这本书呈现给读者。

其次，我想感谢三位来自日本的朋友。

推理评论家坂岛龙曾获梅菲斯特评论奖的法月奖，写了不少推理方面的评论文章,并撰写了《雪密室》《NO 推理、NO 侦探?》等推理小说的解说。他同样很喜欢《爱丽丝梦境事件》,在我对比新老版本时解答了一些我的疑惑,我也多次请教他关于小说中理解方面的问题,其中有些背景时代方面的知识多亏了他的指教。

科幻编辑、书评人桥本辉幸曾经在选编同人志时录用并翻译了我的原创短篇,将我的科幻短篇首次介绍到了海外,在翻译过程中也帮我解决了一些疑问。她还曾经合作选编过《奔跑的红:中国女性科幻作家选集》,撰写了不少小说的介绍和解说。

自由撰稿人木村夏彦多次与我探讨翻译过程中的问题,曾经就翻译经历和对日本文学的想法等问题采访过我,还协助我润色完成了一篇用日文写成的超短篇。

最后,我想感谢四位中国的朋友。

推理、科幻作家皇甫涟曾任西安交大推理社社长,策划过西安交大推理社社刊,创作的科幻短篇《裁决天使》曾获第三届"星火杯"全国高校科幻联合征文大赛优秀奖,还出版有长篇推理小说《杀人推理竞赛》等。他阅读了我还很不完善的初稿,并提出了一些建议。

推理书评人 hexor000 同样是热心的民间翻译者,算是向国内推理迷介绍白井智之的大功臣之一,这次拜托他提前通读了一遍译文初稿,他也对这个故事给出了很高的评价:现实和虚幻的两重谜题,其中爱丽丝国的二维密室是用三维方式去解,而现实的三维不在场证明则用四维方式去解——这种结构上的"降维打击"设计显示出了作者的旨趣。

译者杨墨秋从事中文与日文的双向翻译,涉猎小说、漫画、游戏等领域,正在翻译连载《默读》(Priest 著)的日文版。在我翻译本书的过程中,她热心地解答了一些我提出的问题,也曾经与我一同苦恼过。

推理译者水七木翻译出版过《德尔塔的悲剧》《星降山庄杀人事件》等作品,这次我翻译《爱丽丝梦境事件》时多有打扰,他几乎是陪着我从头到尾梳理了一遍译稿,一同消灭了一些疑难和细节上出现的问题。

翻译是一场孤独的战斗,能够有朋友不时陪伴在我左右,实在是无比幸运。

```
The                                        vast,
sea                                        and
is                 out                     Glimmering
calm             in        the             stand,
tonight,      tranquil      bay            England
The       Come     to     the window       of
tide      sweet    is     the  night       cliffs
is         air.         Only               the
full       from         the                gone;
the        long        line                is
moon            of spray                   and
lies                                       Gleams
fair                                       light
       Upon the straights;—on the French coast the
```

What the devil was that? An eye in a glass? Eh? Oh. Not a glass. A stein. Eye in a stein. Einstein. Easy.

"What d'you think of Powell for the job, Ellery?" That was Chervil with his phoney smile and his big fat pontifical belly.

（配图出自阿尔弗雷德·贝斯特《被毁灭的人》）